时间线上的音符

熊远明

彭世团◎著

SPM
南方出版传媒
花城出版社
中国·广州

图书在版编目（ＣＩＰ）数据

时间线上的音符 / 彭世团著. -- 广州 ： 花城出版社，2016.10

ISBN 978-7-5360-8131-4

Ⅰ.①时… Ⅱ.①彭… Ⅲ.①诗集－中国－当代 Ⅳ.①I227

中国版本图书馆CIP数据核字 (2016) 第252967号

出 版 人：詹秀敏
责任编辑：张　懿　郑秋清
技术编辑：薛伟民　凌春梅
封面题字：熊远明
封面设计：刘红刚

书　　名 时间线上的音符
　　　　 SHI JIAN XIAN SHANG DE YIN FU
出版发行 花城出版社
　　　　 （广州市环市东路水荫路11号）
经　　销 全国新华书店
印　　刷 广东新华印刷有限公司
　　　　 （广东省佛山市南海区盐步河东中心路23号）
开　　本 880毫米×1230毫米　32开
印　　张 20　3插页
字　　数 280,000字
版　　次 2016年10月第1版　2016年10月第1次印刷
定　　价 38.00元

如发现印装质量问题，请直接与印刷厂联系调换。
购书热线：020-37604658　37602954
花城出版社网站：http://www.fcph.com.cn

目录 | CONTENTS

12 月 31 日

送别 2014

一四随风去，心中不觉哀。
暖人情爱在，眼里花长开。

2014 的最后一天

风把我刮糊涂了，
穿越黑暗迎接晨曦。

这是跟任何一天都不一样的日子，
不因为它是 1231，不因为它结束 2014，
只因为我的每天与每天都不一样，
使我活得饶有兴致。

当然，我可以收拾收拾，
总结总结前面的 364，

不因为它是 1231，不因为它结束 2014，
只因为人们愿意把时间分节，
使得快乐可以有伏有起。

当然，我可以什么都不做，
就看着这尘世从晨曦忙入暮色，
不因为它是 1231，不因为它结束 2014，
只因为对于人们，
生活每天都在继续。

当然，最可能的是顺其自然，
生活，工作，学习，
不因为它是 1231，不因为它结束 2014，
只因为我将生命当作一次行旅，

行走，发现，欢喜。

12 月 30 日

将旧的日子都垫在脚下

将旧的日子都垫在脚下，
我不一定能长高，但一定会变老。

将旧的日子都垫在脚下，
我一定会长高，要不怎么把你够着。

将旧的日子都垫在脚下，
柔软，舒坦，不思新潮。

将旧的日子都垫在脚下，
坚硬，棱角，总将心挠。

将旧的日子都垫在脚下，
点燃，慢慢燃烧。

12 月 29 日

冬临壶口

四壁冰封又奈何，黄河水唱夺魂歌。
云腾雪落缤纷景，珠玉群山巧琢磨。

卸任与上任

马年风劲摧枯木，万尺根深倒地频。
千里骏豪鞍卸幸，逐日良驹接驿尘。

公交涨价

公交地铁价疯涨，渐老薪金不胜寒。
幸有单车当坐骑，穿梭自在最心安。

12 月 28 日

地铁涨价

织网京城地铁艰，呼啸穿行闹市闲。
涨价一声惊叹者，牢骚过后乘龙还。

圣诞礼物

送我吉他心不悦，信求好礼怎无踪。
把玩方觉其中趣，好曲弦歌兴味浓。

注：女儿给圣诞老人写信，别有所求，结果老人送的是南美小吉他。

偶见

出版沐晨光，新闻浴夕阳。
同生天一角，分感喜和殇。

医院

这是出生入死的地方。

多少人从这里看到了尘世,
第一缕阳光,
多少人在这里享用了尘世,
最后一缕阳光。
这都是无法选择的方案。

我喜欢这个地方,
它让人再生让人充足能量,
我厌恶这个地方,
它让我感到无力感到无常。

今天我来看你,
知道你还能给我明天的希望,
我常常拒绝来看你,
你给的希望总是那样渺茫。

这是出生入死的地方。

12 月 27 日

吉光片羽—书法家写王蒙文句展

泰山文筑高千丈，烨烨吉光耀九州。
片羽轻裁彤管赋，万端仪态竟风流。

注：吉光片羽—书法家写王蒙文句展在国家博物馆举行，作品来自于全国各地书法家，计80件。

感松晨先生勉励

人生有道却难至，一任自然亦美怡。
苦苦追寻真义在，依松听籁最心痴。

冬日懒阳

阳光冬日懒，正午即回还。
晒水难开湄，照人无暖颜。

12 月 26 日

服药

药煎三五斗，病势若山高。
咳震天庭外，身如炭火烧。

逝去的苏联

苏联如梦去，俄国旋回还。
执政无分别，却需解世艰。

传统文化

远看一扇靓丽的门，
有特点有质感仿佛找到了历史的根，
上面的锁形同虚设只防君子不防小人。

门后太大太长，
偷窥绝非良方，
踹门而入得有块头有力量，
进去之后顿时傻了眼。

垃圾遍地腐臭满廊，
前人做的捡拾工作跟门外没有不一样，
那里的人们跟我们一样古道热肠，
都在追寻传统的神话答案。

远看一道靓丽的门，
站着守护未来世界的神，
打开它，
需要智慧需要好奇需要创造需要求真。

12 月 25 日

让我先发一会烧

朋友，请不要理我，
让我先发一会烧。
病毒那小东西正在为害，
我已经有如意的安排，
三十八军不行四十军，
总能让它退缩，折茅。

朋友，请不要理我，
让我先发一会烧。
我会用杀敌的功夫给你赋诗，
不不不，不用害怕，总有损耗。
诗一定新潮，
这是战斗的号角，
不是那怨天忧人的牢骚。

朋友，请不要理我，
让我先发一会烧。

进攻的火炬高高举起，
火炮的烈焰将山头烧焦，
直到敌人溃逃。
收复的土地会更肥沃，
明天的庄稼一定会丰收。

朋友，请不要理我，
让我先发一会烧。

心中的圣诞老人

每个人的心中，
都有一个圣诞老人，
慈祥，幽默，大方，
不要任何的回报，
不带任何的悲伤。

每个人的心中，
都有一个圣诞老人，
慈祥，幽默，大方，
他来自五湖四海，
他来自心中的期盼。

每个人的心中，
都有一个圣诞老人，
慈祥，幽默，大方，

他环保有爱，
他温柔健康。

每个人的心中，
都有一个圣诞老人，
慈祥，幽默，大方，
他守旧而现代，
他有趣而浪漫。

每个人的心中，
都有一个圣诞老人，
慈祥，幽默，大方，
他来去无影，
他神采飞扬。

每个人的心中，
都有一个圣诞老人，
慈祥，幽默，大方，
他是所有人的希望。

12 月 24 日

Tối nô-en đọc thơ Ngô Quang Nam
（圣诞夜读吴光南诗集）

Tập thơ anh tặng đã nằm trong tay hơn 10 năm,
Từ đó anh chưa có tin có âm.
Hôm nay đọc lại,
Đột tháy nhớ anh lắm.

Chuyến đi Vĩnh Phú, nơi quê anh,
Những cuộc triển lãm có anh lo lành,
Nơi Puraha tôi đến,
anh đã rời đó trong thời chiến tranh,
Chỉ tháy anh trong họa anh lắp lánh.

Những dấu tích yêu quê nhà,
Đã được anh sơn vào tấm tranh chiếc lá,
Đã được anh viết thành những bài,
Ngũ ngôn lục ngôn thất ngôn bát ngôn.
Câu nào cũng động lòng mang hồn.

Thơ phú,ca dao,
Yên tĩnh trong sách,
Ruột nát cồn cào.
Giờ đón tết No-en,
Lòng chẳng được yên,
Vì tập thơ anh,
Nhớ việc,nhớ người,
Thời gian như nước bay truôi

圣诞夜

火鸡不必做牺牲，把酒临风赏雪情。
一曲平安由幼女，晚钟远和鹿铃声。

12 月 23 日

叹息

潮水般涌动，
中国跨着两个轮子，
追赶，
福特创下的世纪。

宽阔的非机动车道，
已经忘记，
叮咚作响的潮，
安静的停靠，
心胸竟显得局促无招。

再跨上两个轮子，
追赶时髦，
却是道上的拌脚，
免费，却无路可逃，
谨防提前燃烧。

潮水般涌动，
中国跨着四个，一百个轮子，
追赶，
什么

12 月 22 日

今日清华

清华今日像墟场，人来车往闹声扬。
心中静地何方觅，西出圆明园里藏。

读朋友落日图

春色未浓霞色浓，海天无间正燃汹。
船行落日人披锦，灯亮如星萤火虫。

注：奥克兰市。

早餐店

水开笼屉高，蒸汽作云涛。
十块三圆月，伍元一件糕。

京城冬日见卖糖葫芦

吆喝声随风颤起，清甜酥脆厚冰糖。
葡萄山药鲜红果，伍块三元一串香。

正阳门前

京城门里看皇都，高耸正阳接碧庐。
难得青天风气正，国难民疾一番除。

情牵南北

君在海之角，我行古道边。
天南和地北，如水友情牵。

怀念一位悄然逝去的兄弟

冬至北京天很美，
你乘家乡的云彩飞去，
不和我一起欣赏，
不和我一起开怀呼吸。

都说人最终要化青烟一缕，

你是西天刚刚升起的那一片吗?
洁白无暇，轻灵别致。

你会很快回到大地,
化雨，化露，化雪,
然后转世,
六道轮回，你会是?
南国的腊梅，茶花,
北国的驯鹿，孟虎,
还是我会碰到的哪个帅小子!

有人说灵魂不灭,
有人说灵魂存在 3 年或者 5 年,
你转了世，早有新的心魄,
过往已是过往,
你的心乘着新的躯体飞驰。

你是刚过来的风吗?
还是哪一缕淡香,
是太阳的一道光,
还是夜晚的一颗星?
反正我感觉到了,
你正在一个地方快乐怡情。

注：孙灵，重庆人民，俄语专业，是位帅哥，去时 33 岁，早上谈起，不胜唏嘘。

12 月 21 日

迎冬至

数九寒冬明日起，阴消阳盛渐天长。
颂词酒肉祭先祖，诗赋迎春风里扬。

感冒

一病刮来人尽倒，涕流咳嗽遍身烧。
晨昏不辨日挨日，有脚难行似欲飘。

京城晴日
——读聂槟老师照片

晴天一碧做庐穹，信手涂雅名画风。
风袭未名凝浪漫，斜光轻抚水晶宫。

过箭楼

昨夜驱车过箭楼，烽烟历史去无留。
祥和笼罩寒冬暖，盼得景存数百秋。

12 月 20 日

当年的纪念碑

矗立一碑安赤县，奋斗牺牲百年余。
有魂雕刻匠心出，致敬文章豪迈篇。
游客登临多鉴品，官家奉祀少拦迁。
仰视犹需真靠近，一索隔离人感悬。

把歌声留给未来

斯人已逝炫歌存，天籁从来济鹙鹕。
遗爱无边甜后世，九州铭记一王昆。

偶感

落日染西天，晨曦照我眠。
人生无限好，不必自熬煎。

12 月 19 日

守护

在这静静的夜晚，
我守护着你。

我的宝贝，
病毒让你难以呼吸，
让你浑身滚烫，
让你大汗淋漓。
筋疲力尽的你，
此刻调匀了呼吸。

你在梦中看到了追逐，
还是我们牵手，
在公园散步，找寻花的信息？

我很困了，
握着你还带汗的手，
看着你，

为可能出现的下一次折腾，
着急。

天已经睡去，
地已经睡去，
连树和草都把自己藏在了黑色的被子里，
你睡着了，宝贝，
我就是睡着了，
还是陪伴着你。

12 月 18 日

病儿上学

弦月低垂天未明，病儿早起问三更。
心忧学业无暇顾，携药整装向校行。

女儿发烧

寒天病毒狂，小女亦遭殃。
夜半高烧后，涔涔汗湿裳。

过黄河

移步黄河身下过，桥横轻剪断清波。
寒冬浊浪风中走，水流魂带漫天歌。

12 月 17 日

太阳落下

太阳落下，
我置身铁笼。

高铁上安坐，我不动，
太阳在田野，山林，房屋中，
嬉戏，追逐，
摔落在薄雾，
荡起瑰丽的彩虹。

世界顿时宁静，
不再为阳光骚动，
鸟归了巢，人回了笼，
把世界让给了寂静和风。

开始构思，
下一个轮回的发疯，
是在山顶，在田间，还是海边相逢。

或者只是一个梦。

梦声如雷，如诉，
是失去太阳的痛，
期待太阳将元气补充。

太阳落下，
我在另一头给他接风，
思绪朦胧。

冬日访沧州旋归京

车做游龙行迅捷，济南转瞬到沧州。
神狮镇海迎宾到，铁骑梳妆送客游。
发展南皮文教热，中兴古郡政经酬。
才辞众友夕阳侧，未上华灯入箭楼。

城市日落

日落牢笼近，漫烹归去心。
明灯三尺亮，满目夜行深。

济南

又见到了，风中的你，
一点消瘦，一点萎靡，
大约是因为冬季，
大约是因为风的吹袭，
大约是因为我的突然袭击。

身后的燕子心已经南飞，
眼前的千佛已经化石。
提一壶酒来，《如梦令》唱起，
大明湖的荷没有了绿意，
只能从心中去寻找相应的景致。

舜耕山前的土地，
历山下的清池，
冷泉的感觉，我的足迹，
我不提起，你也不会忘记。

才见面，就要别离，
湿润的是露水？这是冬季，
天冷在我的眼里留下的雾翳。

你是那样的美丽，
不是老残的描述，是我的亲身所历。
我又见到了你，你在风中，
一点疲惫，一点矜持。

12 月 16 日

大风后京城偶感

亚佩蓝天贵，风携一碧珍。
寒冬摧万物，邀友赏星辰。

注：亚佩（APEC）

圣诞树

树高千尺又如何，只为悦神送礼多。
一节恍惚三日过，钱财几许济烟萝。

光明隧道

在光明的隧道里前行，
黑暗掩埋了所有的足印，

我的视野，
不过隧道的直径。

我的思想，
超越了光明，
穿透万丈石崖，
遥远的世界，
仍然是隧道的泥泞。

走出隧道，
可能沐浴阳光，
可能是重重的黑影，
超出了思想的界限。

灯照向远方，
太阳照亮隧道的一段。
思想的灯随我向前，
太阳裹着隧道，
厚重的帏帘。

12 月 15 日

小面店

生意兴隆夜不眠，日上三竿才面天。
挥舞双刀条子落，倒汤斟醋味馋仙。

风·烟

风劲烟岚短，斜飞不指天。
悠游身段好，承压意犹坚。

乡村婚礼

汽车早已住村中，我辈成婚要不同。
脚踏双轮风火过，摇铃山响爱无穷。

注：广西老家的婚礼，青年人选择自行车迎亲。

李光羲从艺六十年画册

荣光万里歌神范，祝酒晨曦总理尝。
鼓浪远航牵手后，何时再会松花江。

注：《祝酒歌》《周总理，你在哪里》《鼓浪屿之波》《远航》
《牵手》《何时再相会》《松花江上》都是李光羲曾经演唱过的著
名歌曲。

灯下待女儿

冬日狂风袭，驾车迎女归。
急心人到早，静待沐灯辉。

祝王安六十五大寿

王谢堂前燕雀鸣，安知今日贵人生。
芳龄六五精神足，事业方兴见厚成。

注：王安先生为绵阳王蒙文学艺术馆馆长。

12 月 14 日

成贤街口

成贤街接小超市，论语春秋道德经。
敬佛香烟缭绕起，门前门后问输赢。

过华侨博物馆

晨光初照处，馆舍尚犹酣。
数月门前过，不曾开祭坛。

京城

此地京城数百年，小房老树映蓝天。
民人劳碌油盐米，官宦紧张职位钱。

坝河冬景

万柳扶风翠两行，冬来景去令心伤。
河边待雪覆荒径，牵手寻踪旧日藏。

北京护城河

死水一汪常发臭，寒天凝露止挥芳。
何时再复潺潺景，愿诵诗词愿为狂。

寻找一首诗

翻开书架，
打开百度，
寻找一首适合朗诵的诗，
一本一本，一篇一篇，
没有一首适合自己。

看这首，爱国的主题，
热爱的人还真不少，
那嗷嗷叫的激情，
直接将我的热情打击。

这面朝大海，

那你不来我不老，
矫情得感觉我很无知。

普希金太远，
泰戈尔太富于哲理，
算了，找找自己，
千百首竟也没有一首如意，
景已远，情淋漓。

就再写一首，
却又怀疑自己的动机，
构不成一首诗的言词，
望着现实，
空着急。

12 月 13 日

看电影 《巴彦岱》

飘扬的尘土，
岁月的流沙，
掩盖不住一曲边地的赞歌。

风吹白杨摇动的沙槌，
将人的神经轻拨，
转动的铃铛敲出的生活如水，
漫灌，浇泼，
卷起了绿浪压住了扬灰。

醉是那首 《黑眼珠》，
灰狼你将所有的泪滴串起，
最后洒个肆意淋漓。

不必吃力地呼号，
不必故弄玄虚，
划拉一下大黄渠流过的水，

解构的解构，回归的回归。

注：电影《巴彦岱》以作家王蒙 20 世纪 60 年代曾工作生活多年的新疆伊犁巴彦岱镇为背景，老王与当地老乡的交集为线索，描绘了那片土地上的人们乐观的生活态度，友善的为人，展现了当地的风俗与良好的民族关系。

日落荒林

荒林日落归巢鸟，漫舞西天沐暖晖。
顿觉温情心壑满，涌成诗语梦芳菲。

公祭日

悲情轰炸碎心坚，公祭自应豪气延。
晴日光华英烈慰，神州发展更无前。

12 月 12 日

作品

这是一部，
精心雕琢的作品，
只为了，
完美地存在。

阅读，商讨，
完善，
精神的寄托，
对世界的贡献，
未曾考虑，
属于自然发展的未来。

你有两部，他有三部
作品，传世，
在于精，在于品，在于
未知的机缘。

我只在乎，
作品完美地存在，
如同，天籁。

日落

落日入山松，西天半脸红。
浓情归夜色，鸣鸟荡罡风。

仰望星河

仰望星河，
又多了几颗，
文曲星君的学徒。

西北的贤人，
东土的诗翁，
江南的俊杰，
中原的歌者，
都应着召唤，
直飞天国。

唱够了人间的疾苦与快乐，
莺收住了歌喉，
写遍了人间百态，

享用了人间的酸甜苦辣，
对着人间满足地挥了挥手。

迎接新年的酒你不来喝了，
就向天洒去。
新年的音乐会你不来听了，
缭绕的弦歌只适合俗子。
动人的新诗，
天上可有人唱和

平安夜，
我仰望星河，
飘飘洒洒的是浪漫的飞歌，
看不到你们坐的鹿车，
但我感觉到了，是你们
正在飞过。

注：2014 年，写歌的周巍峙、严金萱、罗伯特·艾伦（美国）走了，唱歌的王昆、娄乾贵走了，写故事的张贤亮、渡边淳一（日本）、米利埃莉·琼斯顿（英国），研究文学的何西来，写诗的陈超、费瑞东·毛史瑞（伊朗）、罗纳尔德·托马斯（英国），研究诗歌的余恕诚走了，嵌在人间的星星们一个一个地飞走了……

12 月 11 日

昆明翠湖里的红嘴鸥

北方冬日冷，戏水彩云南。
不见无垠海，相携落翠潭。

灿烂

你投来的温暖目光，
照得我无比灿烂。
不要看我背面，
乌涂涂的不甚明亮。

我的灿烂是你的所见，
是我心底的火光。
你可以看我的底色，
灰得真实不带一点疯狂。

12 月 10 日

狗肉

亚洲风俗盛，狗肉做名烹。
白切山参炖，酱汁补肾羹。

和张大使《冬夜偶得》

风冷家中暖，尽驱心底霾。
温茶彤管立，泼墨解胸怀。

星月

多少时候，
盼星盼月，
心中盼的其实是雪，

雪没来，
每天照耀的是月。

凝望缤纷飘落的日子，
月儿圆缺，清爽执着，
照耀你的生活。

还盼着，盼着，
熟悉的隔膜，
理想碰撞着生活，
满足伴随着失落。

12 月 9 日

散落

所有的目光与专注，
散落在高原，莽林与深谷。

早忘记了当初凝视的那泓清澈，
透亮的底色与光芒四射的田水，
就连溪流的淙淙大海的波浪，
都已经作九天云浮。

太近了，一切都已经模糊，
只剩下味觉触觉的俘虏，
冲杀不过是一切诗意的干枯。

所有的美好与丑陋散落，
散落在视觉，听觉，触觉与幻觉的王国，
有是为了一切的有，
有是为了一切的无，

新的开始，心怀与目光专注，
来自有与无。

陪伴　引领　成长

育儿陪伴是为宗，引领无非莫纵容。
理念旧新无好坏，双亲浇灌水淙淙。

感平凉好友千里寄苹果

快递一箱到北京，平凉苹果奉真情。
花开三载年年结，丰硕脆甜心意诚。

梦雪

梦雪由君意，不飘是上诳。
月灯眉眼去，最惧是明阳。

12 月 8 日

晨曲

灯罩月儿明，披星送女行。
梦中欣踏雪，不见雪晶莹。

思雪

不是因为干涸才思念你，
是你的柔姿你的独立，
你来或者不来，
全在你愿意。

干涸全因为你，
你拦截了接近我的所有水气，
我知道你在乎我，
你不来让我忘却寝食。

我毫无惧色地宣布，
思念是因为干涸因为你，
不要说我无耻，
你来，
滋润我的身体，
你不来，
滋润我的情思。

你来，我知，
你不来，我痴，
何需听那天语，
你来，
你就是天，
我就是期待你的大地。
你不来，
你就是太空，
我就是地球在你怀里飞驰。

12 月 7 日

金银木果红了

在这肃杀的冬季，
还有什么比这鲜红的金银花果更夺目。

大雪覆盖的那天，
孩子们的欢笑揭开了你的白头巾，
你进入了我的长镜，
让我欣喜莫名。

搜遍了网络，
朋友告诉我你的真姓，
春天你串串的花儿由白到金，
秋天你串串的红果若现若隐，
只有无情的朔风，
让你显出自己的真性情。

迎春还没开，
树丛中只有你，

对着太阳笑意满盈，
俘虏了我积蓄已久的感情。

这是初冬，
明年的初春，
你还在这里吗？
照耀期待色彩的世界，
宁静。

12 月 6 日

先晴后霾

半日艳阳半日哀，京城烦闷酒难排。
风来卷起千层土，风止飘然笼雾霾。

国家博物馆赏非洲木雕艺术

夸张大胆随心欲，个性张扬少类同。
满面阳光忧色少，歌舞如闻震耳隆。

诗兴无冬夏
——和马照南先生

诗由情致意兴浓，有景无魂定是空。
一句轻吟心底暖，管他春夏与秋冬。

国家博物馆赏玛雅文明展

玛雅文明万里行，隆冬拜会在燕京。
神灵智慧石陶绘，掠影痛知世不平。

再看罗丹雕塑展

尚记当年思想者，唤来十万客迷痴。
罗丹再入京城地，细雨和风少好奇。

读王友河兄周末平谷照

日出照千山，雾流平谷川，
万里长空碧，楼阁白纱湮。

12 月 5 日

冬日午后

高树叶飘尽，矮丛雪下青。
阳光冬日暖，苑囿喜风宁。

冬过鼓楼

呼啸朔风紧，红楼入碧穹。
金光铺满道，冷若一身空。

下班

今天很离奇，
车在路上开 party.
诉苦，吹嘘，
育儿，政治，

打嗝，放屁，
无休无止。

路灯很亮，
没有雾霾少了干冰般的魅力，
人流很长，
明显是竞走，
享受自由的空气。

月亮圆了，
风没送来一片云，
没有面纱的嫦娥没有吸引力，
广寒宫在地上，
我只想逃离。

好吃的小吃，
关门歇了业，
学生们闹腾腾的，
我要吃。

12 月 4 日

圣诞树

风吹绿叶光，圣诞市场忙。
真假无人问，有形心不慌。

道路

背阴与朝阳，
近道与曲折，
我选择阳光

有阳光就有温暖，
有阳光就有能量，
有多少的曲折，
再远的道路
我可以度量，
我可以欣赏，
在阴暗里的穿行，

不是我的选项。

我选择了阳光，
选择了曲折，
选择了远方，
选择了心安，
背阴不是我的选项。

12 月 3 日

早出门

闹钟惊梦起，人醒景留心。
携女出门去，启明北斗金。

有风的日子

有风的日子，
我用阳光沐浴，
听风奏乐，
呼吸远来的豺狼的味道，
朋友的气息。

有风的日子，
我浸泡在回忆里，
是海，是山，是高原，
处处风起，

浪漫，粗犷，原始，
爱恋，无思，无知。

有风的日子，
平淡与焦急，
寒冷与休憩，
把你记起，或把你忘记，
将美好留下，
让风带走其余。

有风的日子，
多愁善感留不下影，
快乐敞开了怀，
或者包在层层的防御里。

12 月 2 日

读闫老师西贡图

西贡八年远，湄公势更煊。
楼高云入室，城美路行川。
车去噪声越，船来万客鲜。
炎炎冬日火，暖暖世风迁。

毛主席雕像

寒天酷暑前头立，伟岸精神鼓劲雄。
历史轻移莲步去，未曾消逝莫谈空。

冬日

光枝直向蓝天指，逐日寒鸦绝顶飞。
试问绿荫何时有，遮风挡雨暖窝归。

12 月 1 日

外交部上的月亮

多么希望，
那会是一首诗，
我把你抓来，
却发现你毫无诗意，
只有空气。

我默念刘半农，
觉得太不合时宜，
这里如此现实，
用的全都是准确的词。

月亮已经升起，
你腆着肚皮，
我们是好客的礼义之邦，
欢迎你。

过客

你是过客，
乘车，步行，飞，
你过去了，看你的人，
也消失在你的尘。

你是过客，
他是过客，
坐与行，
艳羡，阅历，
你阅了他，
他阅了你，
眼往前伸。

莫名的赞与叹，
与你，过客，
你的心掠过，
一杆旗，一堵墙，一座门。

11 月 30 日

情怀

花抱花开花含笑，梦来梦美梦相连。
海边云雨心犹记，山外阳光味更鲜。

大风天

狂风作浪连排涌，车似小船峰谷行。
路摇地动尘烟起，叶黄飞舞若流星。

恋秋

秋色江南莫太浓，使君留恋不思冬。
家乡雪落水晶筑，典雅通明伴雾凇。

11 月 29 日

学问

心焦竞世长，君隐在何方。
百度无踪迹，谷歌少亮光。
寻心三界士，问讯四海王。
须发一天白，容颜半日黄。

上琴课

已有月余箫鼓停，琴声起处听心惊。
天才尚要勤修习，绝无成绩懒还生。

雨夜

雨洗京城润，冬街五彩纷。
重霾随水落，空气漫清芬。

11 月 28 日

紫荆花雨

紫荆飘雨绵绵落，花泪满湖恨满街。
沉醉诗翁行又止，心怜黛玉把花埋。

见汤世杰老师发腾冲照

青山黑瓦砖墙白，绿水红花稻谷黄。
世外桃源何处觅，腾冲冬日胜天堂。

存在

你是个巨大的存在，
我没有那么大的胸怀，
我毫无准备，
你却悄然把我占领，

谁知。

你是个巨大的存在，
你把我撑得太满，
我把你抛弃，
我也就此瘪了，
太迟。

你是个巨大的存在，
你撑满了我，
我扩大了自己的胸怀，
如此。

忆九十年代初河内的雨

大雨敲心彻夜狂，孤身席地盼天光。
风来不见携君信，泪落跟前洒远方。

冬至前京城

说是隆冬还见秋，花儿竞艳水横流。
狂风飞雪凝冰处，京北山川深谷幽。

悼王昆老师

初识先生九二年，东方苑里越南缘。
细谈团史现神采，粗看院风认巨椽。
八五歌声嘹亮起，九旬徒子灿辉传。
月前共饮犹欢笑，此刻仰观星满天。

注：1992年中越关系正常化后越南中央歌舞来访华，到访东方歌
舞团。先生时任团长。

11 月 27 日

绝对

王锋绝对老油条，解缙再生心亦焦。
何况当今文赋败，何时方得有神招。

注：日前陕西华商报的王锋兄出一下联征上联：老油条吃油条有
条不紊，至今无上好的对句。解缙是明朝对联神童。

升仙处

京西八宝山，此地可通天。
富贵贫民共，火中皆化仙。

过香山

晨过香山山未明，幽街梦里待天青。
铅云沉重何时布，风逐霾飞尚不晴。

11 月 26 日

烟台大苹果

此物烟台出，久经仙气濡。
香浓如赤桂，色泽若丹珠。
肉脆凝脂白，味甜蜜汁涂。
一颗情意挚，快递有良驹。

祝琴儿生日快乐

温柔脂白玉，我娶自西天。
琴瑟鸣仙乐，江湖沐异莲。
雪飘琼屑落，风过雾岚迁。
把酒为君祝，百年心挂牵。

天安门

我掠过天安门，
它漂浮在车上，
如果不是太阳用重金压住，
我怀疑它早成了回忆。

我追逐着这飘荡的红云，
我跑得太快，
我早已经远去，
而它还在原来的地方，
是我太轻太小而它太大太重，
就像金星，火星，
甚至是地球之于太阳。

天蓝，它很神气，
天是灰的霾的雾的，
依然不改它的神奇，
浮在水上，肩上，马上或者车上，
它不动，别的都一一远去。

11 月 25 日

再闻赵家珍 《流水》

望海楼中听黑胶，潺潺流水入琼瑶。
再闻仙乐翠湖畔，滴滴清明心绪撩。

诈骗电话

电话响连连，不知哪位仙。
欲言还又止，贷款给君先。

大观楼前

大观楼下观大潮，涌浪盈天万鸟嚣。
贪睡美人何日醒，湖边少俊发须焦。

登大观楼

来客读长联，登楼望远仙。
飞鸥窗外落，荡起绿波连。

云南讲武堂

烽烟百载沧桑意，鼓角声传历史宏。
历历英名多贯耳，张张旧影动宾容。

西湖

杭州河内福州同，三面西湖映碧空。
何处相思肠肺扯，清波荡漾旧升龙。

注：河内又名升龙城。

11 月 24 日

从榕城到春城

才跃青山攀雪岭，骑生双翼路何难。
云长温酒华雄斩，我端热茶到下关。

问候

我在江南天地暖，君居蓟北雪风寒。
晚归早起学生苦，殚精日作夜难安。

日出榕城

日出闽山气势宏，彩云飞渡闽江东。
鸟鸣声悦随风入，花露重重香溢浓。

榕城

碧水飞云荡，红花绿树行。
问秋丛菊侧，赏景一江旁。

福州之晨

朝醒西湖侧，鸟鸣悦耳长。
飞云千里染，群阁四围廊。
八面青山合，一汪绿水泱。
隐闻沧海入，历史荡回肠。

11 月 23 日

榕城赏晋江手偶

绝活连连令客癫，嘴张手舞足生粘。
掌声请出艺人累，尽是娇娇美若仙。

夜游福州西湖

黄花遍地西湖畔，益友携行问暖寒。
群舞如魔声震耳，静心叙论作诗难。

雁阵

鹭岛多神鸟，喜观雁鹤飞。
阵横多变幻，不易一心支。

远眺金门

晨风不见云遮日，万丈光芒透隙来。
远眺金门浑一色，千船竞渡荡波廻。

别厦门

雁阵凌空晴日出，依依筼竹手摇频。
铁龙呼啸乘风去，鹭岛回眸泪湿巾。

灵溪日出

夏日荷塘结露清，灵溪冬至雪花凝。
春来光暖生诗意，携女张蓬湖上行。

11 月 22 日

祝怡霖母女生日快乐

岁月追风十一年，依依杨柳碧霞天。
筠丛傍水婷婷立，风雨相携历久妍。

再入厦门会展中心忆旧事

初识厦门已十年，潮波不见少毫纤。
人事往来悲喜集，近歌远念寄长天。

回眸箅笃书院

箅笃夹道入清明，白鹭负儒上帝京。
培养新知堪世界，商量旧学济心贞。.

11 月 21 日

漳州印象

漳江九曲起洲平，富甲闽南文脉兴。
曾为朱熹思哲学，亦帮螭若著儒经。
地山佛道龙溪出，和乐小说坂仔名。
茶润笔耕成硕果，花香世界远犹清。

注：漳州之名源字漳江。朱熹曾为漳州知事。明代大学者黄道兴，字螭若。许地山研究佛经及道学，曾居漳州龙溪。林语堂小名和乐，是坂仔人。漳州有茶如天福名茶，漳州水仙名闻世界。

从深圳到厦门

昨日鹏城今鹭岛，飞禽别样美成双。
海天飞卷云波色，城嵌阁楼叠翠廊。

厦门印象

厦门冬暖怡人醉，别样娇娘试夏装。
夜沐甘霖晨浴露，鸟鸣雀跃醉花香。

冬日出厦门

海天山色两茫茫，不见雪飘不见霜。
猎猎红旗飞鸟逐，层层绿浪百花香。

11 月 20 日

深圳印象

钢筋插地地生莲，四处奔波域外仙。
夜卧牢笼星象远，日行铁壳步难前。

包袱

两块奶油包，榴莲水果膏。
甜心尝满记，欢乐海岸潮。

深圳机场

名曰鹏鸟样，我看似猪笼。
空洞满身透，奇形怪状风。

11 月 19 日

文学阅读

论道谈经深圳冬，文学清泉流水淙。
阅读救心思想润，人生美好沐情浓。

城市

这是哪里，
这是石膜化的土地。
树啊，
你可以扎根，
扎根在墙头，
你没有更多的选择，
这里是城市。

我把你踩着了吗，
还是你踩在了我的肩膀，

我听到你在我头上洗澡，
我在你头上安眠。
你在意或者不在意，
你没有更多的选择，
这里是城市。

你还记得，
我还是并联的记忆，
我们都曾一起脚踏实地，
更多的方向留给自己，
今天，
我们串联在一起，
危险了我们只能像污水一样逃逸，
没有别的选择，
这里是城市。

陶然亭

陶然亭里醉陶然，数度同行师友贤。
山石门楼依旧在，何时再聚赏荷田。

11 月 18 日

相见

甥舅别离二十年，鹏城幸会忆从前。
乡音不改人依旧，岁月清流过指尖。

厦门

短诗已经容不下我的思念，
背诵舒婷解不了我的感情，
潮水一样的诗语，
你就涌吧，
我将你们放进这无边的大海。

那个阳台可以与金门直面，
浮海求生与高音喇叭，
相遇了一个谢冕一个痖弦。
还有一个将自己的韬换了一个愁，

在她西去的那天从这里赶到帝京见面。

日光岩远眺克鲁伯的悲哀，
泪水漫漫变成荡漾的海，
菽庄花园的小吃和茶，
一屋的钢琴也弹不去秋日的愁霾。

南山的和尚，
念着没完没了的哀悼，
还不如孤独的植物园，
鸟儿唱着喜人的歌谣。
中秋的月儿很圆，
来一局博饼好了，
掀一次生命的新潮。

校园里红彤彤的木棉，
诉说鲁迅的衰老，
我也老了，除了树林，
你看这整个城市都已经长高。

踩着柔软的心，
风吹起的细沙，
朦胧的记忆和视野，
可以听新鲜的故事，
可以忧郁，可以畅怀。

11 月 17 日

京城街边见流浪者

寒风一夜结冰霜，冬日暖阳照地堂。
暖脚暖身心却冷，何时方得床一张。

给云南陈石花

陈皮甘草茴茴香，石斛葛明本土姜。
花露无根仙水制，常来长饮寿无疆。

雅韵诗社聚会有感

乐天银泰有东坡，川菜辛辛雅韵和。
徐见暖寒三火旺，扬头醉听四维歌。
张弛有度成诗好，澎湃激情做赋多。
两戏东西离众去，尚留数友共吟哦。

冬日

暮黑天时早，月升千丈高。
店中灯火亮，不算夜操劳。

庐山观音桥

三峡三兄一孔桥，
千年不变似新雕。
养颜弗老有神护，
岩上观音守夕朝。

注：此桥由于宋朝的陈氏三兄弟建在庐山三峡上。

11 月 16 日

皇城根下

厚墙黄瓦边，世相入当前。
曼舞轻歌者，白须皓首间。

深巷杂院

深巷阳光照户朱，京城闹市隐名儒。
探身门内多零落，尽管天寒汗湿襦。

华侨历史博物馆

前门传统后身洋，侨史犹应是此妆。
镇馆欲知何物贵，且期新户得开光。

无题

地上斑斑白，心明是鸟遗。
抬头无雀影，入夜定留枝。

旗帜

白云无翼腾天际，旗帜迎风猎猎横。
诸命凡尘安己道，不必求同心脑烹。

11 月 15 日

阳光

艳娇浑欲滴，秋色半凌空。
唯有阳光好，景方有不同。

水杉

秋深木叶灿如金，垂挂流苏秀满林。
不是寒风能染色，水杉难获众芳心。

南宁育才学校

风云越战此方清，一校心连两国情。
岁月奔流余迹少，史书记忆剥磨平。

11 月 14 日

悠悠球

此物舶来数十年，双亲孩子共参研。
琳琅模样与玩法，空竹谁知早在先。

广西大学黄昏

步入校门到会堂，长路直通向远方。
锣鼓喧天狮子舞，喇叭动地少年狂。
荷塘倒映图书馆，灯火辉煌体育场。
阵阵香浓袭人醉，桂花暗里沁心肠。

山村摩托

山路泥泞多陡峭，攀爬艰苦人人怕。
摩托轻巧多经用，出入如今身下跨。

读王健兄图有感

弹指之间廿二年，越南初识双湖边。
民生艰困日新侧，经济复兴竹帛沿。
往昔升龙村舍貌，如今河内高楼连。
西风渐入融传统，思想何曾是旧延。

注：我1992年秋到越南，住西湖别墅。日新是村名，双湖指相连的西湖与竹帛湖。

初冬之友谊宾馆

已过立冬天不冷，苑中七彩是秋光。
水杉银杏红枫斗，月季花开接落黄。

11 月 13 日

岑溪体育中心

岑溪建县千余载，设市亦经二十年。
雄伟中心方见出，强身健体得行先。

平谷柿子

昔日年初盼柿红，换来白面与盐葱。
如今柿子垂枝结，仅济满山秋意浓。

残秋

残秋飘落我心哀，树木轮回会再来。
惯看人生年暮景，青发雪飘情亦摧。

11 月 12 日

哈尔滨的雪

温柔圣洁艳阳开，四海慕名云集来。
远观近看犹难足，赋诗刻画意形骸。

路过广西大学

千亩园林路纵横，崇文君武共飞腾。
莘莘学子鱼龙舞，八桂神州展智能。

故乡

我欲登机飞北京，碧空南国顿无晴。
数行清泪窗前挂，游子故乡两别情。

11 月 11 日

踏雨岑中

邀朋踏雨入岑中，光景已然大不同。
瓦屋林廊泉绝影，高楼新道育文风。

义江烟雨

一城烟色一城楼，婀娜义江竹下流。
叠嶂山峦云雾外，缤纷街市行客稠。

秋日家乡

门外稻熟秋色明，远山雾雨淡无情。
林林心事凭风寄，飘落岭头待夜星。

11 月 9 日

闻友游长兴小浦银杏长廊

长兴小浦八都美，秋到浓情银杏飞。
最是竹青云起处，花影摇曳数罗衣。

乘车自南宁至岑溪

一路南行一路雨，风光两岸转实虚。
梯田如云山似墨，林间盘绕江水徐。

等车

晨起南宁雨未央，驱车十里到城阳。
琅东行客熙熙集，似燕纷飞向雾翔。

11 月 8 日

南宁即景

昔日摩托拥道塞，如今依旧涌波潮。
汽车夺路行人叹，行走城中心亦焦。

雨后探访清秀山

喜得层云望日开，即穿绿盖进山来。
异草奇花闲看罢，静坐天池听佛台。

早醒南宁西乡塘

绵绵秋雨今晨息，百里云天一展眉。
绿意婆娑花色艳，南宁飞鸟沐春池。

11 月 7 日

到南宁

雨润秋天迎我到，南宁暮色闪金光。
凉风吹入桂香淡，门外师友热情长。

立冬日南行

立冬寒冷满天灰，我逐雁鸿南向飞。
不是京城萧瑟倦，只因思念把家归。

星月送君行

二更天起气华爽，月朗星稀满地光。
送君街口车行疾，西去湟中是故乡。

11 月 6 日

水乡

岸上菜青葱，水中鱼蚌笼。
踩船河里去，不必待东风。

巧遇

小女生来是块糖，明眸回转放明光。
微张皓齿笑声脆，莲步迷人闻语狂。

争艳

红枫银杏怒争光，半眼血红半眼黄。
最喜游芳追艳客，左拥右抱醉癫狂。

秋收

车到田头忙运货，杂粮稻谷码成山。
儿童疯跑村头看，拄拐老人趋向前。

生态

节流断水已成风，吹去浮华现大同。
铁锁把门人迹绝，昔时宠物别牢笼。

秋梧桐

身后柳青墨绿杨，心哀岁月促行忙。
只缘留恋时光好，犹挂枝头点点黄。

11 月 5 日

秋余

柳影婆娑醉客贤，红枫银杏落草间。
人生共舞无多日，翻作秋歌唱暮年。

孤独的秋

绚烂多彩，热烈悲壮，
就这样，
所有的看客，
所有的追逐，
所有的爱慕与，
连篇累牍的悲情，
都与秋有关却又无关，
独自享受，独自盛放，独自远离彷徨。

说是中国元素，
说是传统经典，

说是高尚无比不知所云的禅，
其实就是披上最俗的大红时装，
粉饰一下老去的容颜，
跳一段很 high 的广场舞，
然后悄然消殒，
躺在舒服里欣赏凛冽的寒霜。

你来了我去了，
匆匆是秋的行程，
热闹是少数几个人的表象，
孤独才是大众的肚量，
生生死死，
无须关注也无须谁的表扬，
来得轻松，去得潇洒，
来时无声，去时不慌。

11 月 4 日

观朱自清旧居

落脚温州时不长，却留传世好文章。
一潭梅雨层层绿，荡肺润心点点尝。

温州南戏博物馆

永嘉南戏早，悠然数百年。
辉煌流水去，缈缈少遗笺。

温州数学名人馆

一方人杰多，数学是奇科。
唯独温州异，繁星落满河。

如园

谢公绘永嘉，诗赋美如霞。
借得山边地，缅怀一大家。

注：如园是纪念谢灵运的地方，里面最高建筑是怀谢楼。

温州

泛波清水巷，潮涌一车河。
小店联排去，大街楼巘峨。

日出永嘉

金阳劲入东瓯暖，寒燠和谐四季春。
孕育精英文理备，永嘉山水耀星辰。

11 月 3 日

再见瓯江

乌落放余晖，瓯江荡气洄。
别离时日久，今乘露秋归。

乘动车过台州

万顷橘黄一河边，驾龙飞落众山前。
台州风物铺陈处，昔日同窗久未联。

稻熟江南

秋深风起碧云天，稻熟江南金塝田。
身乘游龙吴越地，西施不遇见陶钱。

注：陶钱分别指陶朱公与钱塘王。

11 月 2 日

南京 1912 街

百年印迹存，时尚味浓喧。
泛滥青春气，踱步入新园。

梅园新村

行将七十年，回望旧烽烟。
烨烨英魂在，永期世道安。

读青枫梅图

遒枝透纸出，梅韵做裙襦。
香淡泅春梦，鸟鸣荡竹庐。

闻友与席被迫写文章

有邀饭酒行，可醉要心清。
白食人间少，文章赎席琼。

众妙之门

有无相伴是依存，转化因因妙趣源。
慨叹天生一老子，中华智慧有元根。

江南贡院

煌煌六百年，举士万千员。
治国平天下，修身著述贤。
世间新学盛，贡院旧规延。
翻作史遗迹，子孙记忆间。

11 月 1 日

秦淮夜

秦淮河上景，灯映水波平。
八艳随风去，繁华在世明。

玄武湖

玄武门中玄武湖，五洲环翠接穹庐。
山光水映长霞落，四季花容鹅雁凫。
秦汉碧波桑泊现，清民白浪公园图。
诗人自古多描绘，引凤聚凰有劲梧。

10 月 31 日

金陵暮韵

金陵暮韵雾笼天，灯彩琳琅醉眼前。
秋梦乘风穿壁入，二乔舟上舞翩跹。

行路之三

移步过长江，南京立水旁。
中山门外入，梧桐迎客廊。

行路之二

泰州过后是扬州，千丈运河舟汇流。
二十四桥娇影缈，白词心诵古瓜洲。

注：白居易《长相思》

行路——如皋之南京

一路雨绵绵，云托雾上仙
西行寻建邺，江水阔连天。

水绘园之二

美人靠水盈盈绿，山矮依亭烨烨然。
小宛真情磐石见，历史从来爱怪谈。

注：董小宛入宫前在此居住。

惊梦

梦中惊坐起，夜雨湿花眉。
睁眼焦心语，问风可是知。

10 月 30 日

如皋陈耀

陈年旧事伤筋骨，励志潜心剪纸行。
耀眼光环缘自救，天磨人炼艺名扬。

答文艺报徐可兄

世添一论本无妨，更证红楼笔力强。
若要人间多执认，犹须碰撞历时长。

老城

秋雨殷殷湿老城，民生依旧沐风清。
骒骒车走滑顽石，晨烟悠起诉梦宁。

李昌钰博物馆与李渔纪念馆

昌钰李渔共一坛，如皋城内望东关。
奇人奇事知天下，好戏好评万世传。

如派盆景

天趣顶云盖，人工两曲摇。
瞻前还顾后，入眼尽妖娆。

水绘园

剪裁水绘三分景，窥见如皋万世情。
汇聚江南迷幻色，铺陈巧匠细雕琼。

10 月 29 日

空气

掬起一捧空气，
发现了历史，
有三皇五帝的呼吸，
大唐洛阳牡丹的香贻，
还有不登大雅之堂的史前动物排的气。

掬起一捧空气，
发现了你，
你在欧洲呼出的分子，
与我梦中想你打的哈欠，
混在一起。

光

我从东到西，从南到北，
越过高山，越过大洋，

你始终不变，
恒一地将你的视野照亮，
在你看不到的地方，
你叹息一声，
存在比我更强。

10 月 28 日

劈柴处

山中隐士劈柴处，雅乐朝闻夜诵诗。
传道珠门非俗宅，雕窝王府客来知。

飞翔是我的日子

记不清什么时候起，
飞翔成了我的日子。

飞跃山山水水，海洋与陆地，
我的时光在接近太阳的地方飞驰。

我在云里沉思，在茶里无所事事，
在梦幻里抽取生命的缕缕丝丝，
编出只有自己读的诗。

我晕了还是世界在昏迷，
坐在家里我的心还在漫天飞翔，
俯瞰着凡尘与自己，
若即若离。

日出山坳

山中日出迟，近午过门篱。
俄顷满庭亮，田归正下棋。

10 月 27 日

祝贺胡志明市师大中文系 25 年

两国其时战十年，尚无统帅著新篇。
开生廿五殊当庆，且祝同心共向前。

注：1989 年两国关系还没正常化，现在对于汉字汉语，在越南有些噪音，希望该校坚持正确，共同向前。

双喜

双喜，建就一个时空，
装下两个人的梦，
有点拥挤，有糖的甜蜜，
说是可以依靠，
却又四面透风。

双喜，筑就一个窑洞，
一头靠着大地，

一面头朝向天空，
一份安稳，一份幻梦，
一份舒适，一份困窘。

双喜，织就一个牢笼，
得学算鸡兔同笼，
步调一致，谋求协同。
需要挣脱吗？
享受还是，
趴在喜上羡慕外面的天空。

10 月 26 日

这是秋天

好色是人的本性？
要不在这多彩的秋，
城里人都失去了平静，
奔向黄栌，红枫，银杏，
奔向尽染的山林。

我哪里也不去，
想在窗外把茶，看蓝天白云，
听叶落，闻菊馨，按风清，
窗外只有马路，
车潮昼夜不停。

我家就在山林，
窗涵万秀，日出露莹，夜阑风清，
风云变幻，草木枯荣，
需要动情吗？需要伤感吗？
成熟令人开心，

歉收让人不宁，
梦想踏上城市的芳径。

这是秋天，
好色是人的本性，
生活无忧，
多彩让人失去平静，
因为安宁。

10 月 25 日

地坛

很多年前，
两辆半旧的自行车，
两个快乐的单身汉，
开洋荤似的跑进神厨，
品尝庙会的热闹与味道，
没有了一点记忆，
单身汉在哪？

很多年前，
两个奶声奶气的小囡，
在肩膀上混入人潮穿行，
看世情的万花筒，
追逐泡泡的幻影，
没有了一点记忆，
小囡在哪？

很多年以前，

在地坛外的荒凉中独行，
很多年以后，
一汉子牵着小囡，
欣赏遍地的金色银杏，
不曾想起，
各自的当年。

海大九十续新篇

三山聚尽五湖芳，四海英才共一堂。
拓业开基年九十，扬帆远济续华章。

注：三山指海大小鱼山，浮山和崂山三个校区，也是海大发展的
三个阶段。

10 月 24 日

落叶之怨

每当朔风来袭，
是谁，给我断气断水，
生命的绿色一点点消退，
再经不起微风的轻吹。

是你吗？
给了我生命的主，
我装饰了你的生命，
我的日夜劳作，
让你身胖腰粗，
冬天还没来临，
你却早早地将我抛除，
骗我说，
轮回的机会在于谁先烂先枯。

已经躺在地上，
我无法后悔，

早就知道终将成为累赘，
就像蛇的皮，蝉的蜕，
舞尽了生命，也曾枝头风光陶醉，
算了吧，成全主体，
总得有早来早退，
先来后归。

10 月 23 日

秋天的狂想

满身的，
不是血，
却是热血飘洒的样子，
不管是不是勇士，
都即将魂断冬季。

满山的，
不是生，
是死亡的装饰，
嗜血的看客们纷纷前往猎奇，
心中怀着的趣味，
低俗得无人说起。

满山的，
响着进军的号角，
绿装已经散去，
只剩红装迎着风赴死。

风吹过

吹了，
就瘦了，
是秋风，朔风，情风。

吹了，
就去了，
执着，不舍，痛苦。

吹了，
就来了，
自由，豁达，可能。

吹了，
就吹了，
安稳，飘逸，死亡。

10 月 22 日

探索

我抬起双眼，
探索你的眼睛，
你却在山那边。

你说你需要的不是眼光，
需要的是一个可靠的肩膀，
卧听心的平静与癫狂，
可一切都在遥远的地方。

我抬起双眼，
探索你的理想，
才发现那需要开启时空转换，
我的眼前是无垠的沙漠，
层层叠叠的山峦。

我闭上双眼，
不再祈求相见，

里面有泪也不会在有闪光，
我却发现时空已悄然转换，
你的双眼穿透了我的双眼，
耳朵里传来你心的鼓点。

风

猛烈的风，
从海上来，从山上来。
诗人迷恋的秋色，阴郁，
一夜之间荡涤始尽。

诗横遍野的感觉，
被冲洗得清清亮亮，
还在跳摇摆舞的绿显得比谁都坚强。

变幻的云，惹人的霞，
好像从来就没有来过，
偌大的天穹一片荒凉，
任凭骄横的阳光穿透我空洞的思想。

我抓住一缕逃逸的意念，
审问是什么让它惊慌，
没什么了不起，
不过是无形的风来了一次扫荡。

鸟儿们清脆地问答，

笑话这无用的天，毫不坚定的秋光，
不过那些吹不走的果实，
吃起来很甜很爽。

在风刮不到的地方，
试着描绘另一回合的安详。

10 月 21 日

旋转的秋色

春天来时，
你问我那一团的白花衬在红果上，
怎么可以这样美丽，
我说那是火棘，
白花早随着夏日的炎阳飞去，
剩下红红的一团火要将林子燃起，
是清晨的鸟，台阶上的落叶，
告诉我已经是秋季。

台阶上的落叶，
是哪一阵风将它从树上剥离，
离开了树的叶子就是死，
就是死，
它也曾经在那一阵秋风里展现过自己动人的舞姿。

已经舞累了的树叶，
瘫倒在台阶一侧，

相互拥挤，
是取暖，是相互安慰，
互诉飞逝的青春，
共怀七色风采的悄然逝去，
几双小靴踏过，
一阵阵欢笑和着粉碎的咯吱咯吱，
一阵风来，靠紧了，
浮沙一样地翻卷，漂移，
却无法形成沙丘，
只能在哪个角落里，
在春水中慢慢消弭。

这样的故事很长，
岁月的车轮旋转着，
才挂上了青春，
却又已经是满眼的秋意，
今年是你的愁绪，
明年是他的失意，
后年呢，是那小靴子，
对这旋转故事的回忆，
就在那时，
他看到了门外，路边，
飘飞的叶子，
和追逐叶子的小妮。

10 月 20 日

站在海大门边

站在海大门边，
听说那一批名人就住在跟前，
老舍、闻一多，
沈从文、梁实秋，
还有好多好多，
我站在这十年了，
却从没有邂逅过他们的背影，
是的，他们已经走远，
可分明又感觉到他们从这里出出进进。

站在海大门边，
便闻到了樱花的香馨，
那得春季，
往里一看更是如浪如云，
他们说那是日本来的小乔，
还有说是青岛的美嫚，
远远地便摄人魂魄，

我站了十年，
却慢慢地感到清冷，
是花儿都去了崂山边的松岭。

站在海大门边，
他们说那高大的树叫悬玲，
我欣赏秋天满树的黄叶婆娑，
可我宁愿叫它梧桐，
这里栖着凤凰、鸳鸯，
放飞梦想到天地宇宙，
扬帆走遍极地雨林，
牛津哈佛。

站在海大门边，
岁月流逝，如光如波，
小树参天，巨匠倒卧，
闻香参禅，见月思过，
人生并不蹉跎。
走来一个老人，
不，一个年轻人问，
先生、小姐，你可需要帮助？

我在这里认识了你

这是海大的天地，
我在这里认识了你，
那是秋天的热烈与多彩的引领，

那是春天的香花与初青，
那是冬天的海鸥脆鸣，
那是夏天的夜露风轻，
你说得清楚吗？
说不清楚的事我相信，
我就在这里认识了你，
一根线，情思一片，回眸落入心间，
我的岁月从此与你相连，
多少日子，
镶嵌在我生命的旅程，
多少的期待，
多少的快乐，
多少的思念，
注入我的诗篇，
你知道吗？
在这里我睡得很甜，
在这里我从不失眠，
在这里我认识了你，
这是心灵安置的原点。

10 月 19 日

秋天之约

说你会来，
你就来了，
不是在我的眼里，
就是在我的梦里。

你说你老了，
我说其实是你最多彩的时候，
你说你不再能抵抗风雨，
我说那有什么，
我就在风雨里等你，一起感受。

为了等你，
我写了悲秋的诗，又删了，
改成了快乐的绝句，
露华昨夜浓，珠挂待晨风。
雪项晶莹饰，乌鬓彩翅隆。
鸟雀就吟着这诗，

跳跃在满是果实的树，
其实我该写成词，
会有一群的百灵来合唱，
夹道欢迎你。

我采了一片秋，
放在我的手机，
那是我们相依的窗口，
是我的，也是你的眼眸，
看过的春夏还在，
预约的雪，
在飘。

约好的你会来，
就来了，
在我的眼里，
也在我的梦中，
给我吟着你没写下的诗。

10 月 18 日

发现

吃下那么多的食物，
我发现我没变，
原来只是衣服瘦了。

经过那么多的事情，
我发现你没变，
原来只是世界换了脸。

经过那么多年，
我发现你我都没变，
原来只是岁月老了。

第三届"科学·人文·未来"论坛开幕

高人云集崂山侧，说理说文说梦怀。
院士飞天恩碧海，诗翁忧患道心哀。

问题种种疑无路，大道条条为君开。
学子欢呼低耳听，意犹未尽待将来。

偶想

花前月下踏金沙，暮色晨风听鸟哗。
急语呼君观戏蝶，轻言诉我梦中家。

浮山一梦

鸟鸣光早煦风和，远看近听怒海波。
朝醒浮山行麦岛，十年梦想寄婆罗。

10 月 17 日

那半个苹果

那个苹果，
被咬去的一口，
让图灵化作魂灵，
让世界为他感到吃惊。
他是无憾的，
智慧的电子怪物，
由他孕育，催生。

那个苹果，
乔布斯用剩下的半个，
创造了一个帝国。
只是他忘记先给苹果消毒，
舔一舔，
便全身麻醉，
疯癫着追逐，
药死民人无数，
就连触碰的乔布斯，

也英年早逝，消失如雾。

那个苹果
被吃了一口，
有毒。

10 月 16 日

读 《我从新疆来》

《我从新疆来》，
多么自豪多么响亮！
是展示，是宣扬，是歌唱。

那是一片神奇的土地，
将我们造就，
我们是祖国的一员，
奔忙在祖国各地，
我们失落，我们奋斗，
我们顺利，我们失败，
就如你我，
没什么了不起，
了不起的是，
祖国在发展，
我们与所有的国人一起，
积累着自己的经验，
创造着自己的价值，

追逐着自己的梦想。

一百个人一百个故事，
不是昨天开始而是早就开始，
不是已经结束而是永不会结束，
读一读，光明响亮，
想一想，意味深长，
我从新疆来，
我与你不一样，
就是不一样，
我们不是累赘不是凶相，
一份骄傲，一份乐观，一份好强。

10 月 15 日

铁

有火，
你红得比谁都快，
没火，
你一会就凉得如同冰块。
当你红的时候，
你柔软，
你可屈可弯，
当你凉的时候，
你却无比坚强，
你的冰冷成了无私的榜样。
当你红的时候，
别人泼的凉水让你淬火成刚，
当你凉的时候，
几滴水也让你锈迹斑斑。
你还是那块铁，
红与否与你无关，
全靠别人的火，

你还是那块铁，
有坚定也有张狂，
其实你什么也没变。

10 月 14 日

街市

浸染秋光街市美，披金高树秀成堆。
斜阳碧宇游人醉，试把情怀换赋回。

青菊

青菊一盘花翠雅，何曾流俗染红黄。
亮如碧玉清潭水，香淡若梅掩雪光。

政策与利益

世平修驿道，现代要通邮。
信息光纤策，小区门槛愁。
万金开一段，亿铀炸山头。
公益谁担责，尚需周至谋。

注：信息高速有政策，光纤欲进小区却是难。发表在 2014 年 10 月 14 日人民日报上，署名那山。

10 月 13 日

沙漏

我的心血流进了你的心房，
我的血液越来越稀薄，
心中却充盈了越来越强烈的渴望，
渴望你来把我填满。

我的心血流进你的心房，
将你的心占满，
你感到了幸福与快乐，
都在你翻起的跟头，
你的血液再流向我的心腔。

我们的心在空与实中互换，
渴望与回馈相伴，
相通相系的不过一根细管。
细心呵护，
莫使堵塞，
更不可碰断，

离开你，
我的心空了，
没有你的回馈，
就是死亡。

10 月 12 日

风

雪飘天地白，风送雾霾殚。
万岭千山美，世人同庆安。

王莲花

王莲花一朵，光耀桂花庭。
近赏山河远，远观香益清。

致友

　　友报入惠山古镇后游长广溪湿地，并发来图片，
美丽，随得诗一首。

惠山风古静，湿地鸟儿鸣。
秋色光和美，人心到此宁。

西宁早雪

西宁飘雪促秋到，昔日绿衣换彩装。
红日再难将手暖，南山北廓入荒凉。

10 月 11 日

八十快乐

笔端十八吐青春，万岁梦怀炉火纯。
有闷便狂无所惧，敢将耄耋向情真。

注：10 月 15 日是王蒙先生八十周岁

我是一条鱼

我是一条鱼，
游在这或清或混的水里，
你们把这叫作空气。

黄河的鱼
不注定比清澈大海的鱼低级，
我在这黄汤里生长，
自然是我的本事，
就如你，

那发苦的盐不会把你腌制。
只是我不能到你的世界，
你也享受不了我的天地。

是谁将我们放养，
在高山草原，平原戈壁，
谁会是那闭月羞花的鱼女，
或者那撒网捕猎的渔夫，
将我们圈进鱼池，
或吃鱼肉，食鱼子，
在被打起之前，
我们还有大鱼需要躲避。

我就是一条鱼，
生在这一片水域，
习惯，舒适，
你不在这，
你不知。

10 月 10 日

我们生物

我想，我们生物，
就是一个个燃料电池，
有低级有高级，
有智能有白痴。

我想，我们生物，
就是一台台机器，
有固定有带轮子，
有手动有带感知。

我想，我们生物，
就是流水线上的产品，
有完美和缺陷，
有标定的使用期。

我想，我们生物，
谁，创造了我们，

成为相互依存的体系，
你吃了我吧，
我会吃了你。

我想，我们生物，
是我想不透的迷。

10 月 9 日

眼睛掉落

我的眼睛，
掉进了你的眼睛，
扰动了那一汪深潭，
飞起一片清波。

你的眼睛，
掉落在我的心湖，
炸开了高高的堤坝，
开启一条汹涌的大河。

我的眼睛，
掉进了你的心窝，
化作了瞎子一个，
闻香，听曲，心的抚摸。

你的眼睛，
掉落在我的心窝，

填满了所有的角落，
化作富饶的大山一座，
大海宽阔，大地婀娜。

我的眼睛，
掉进了你的梦柯，
你的眼睛，
掉落在我的诗行，
你用梦语，我用诗赋，
描绘一段传说。

倒移风俗

靡俗侈风吹正劲，城头挡住向乡邻。
千金寿礼行难喜，十万红包号不贫。
百里奠仪箫鼓送，一回婚宴寨村巡。
崇勤尚俭谁来倡，我党理应先为民。

10 月 8 日

临摹

学画已多年，童心蜡笔先。
素描常在后，灰调写生艰。

秋天月季

月季秋来园亦满，花开五色伴叶飞。
仲春蜂蝶无踪影，留得芬芳自赏之。

追月

皆言月亮奇，背镜下楼追。
定是嫦娥喜，红纱掩秀眉。

路

一叶知秋至，芳菲渐远诗。
林荫金雨落，尚留骄傲枝。

10 月 7 日

后海感怀

水流岁月石化风，亘古金阳柳翠茏。
世代人游光景在，感怀如濯不曾同。

家乡

那里有妈妈，
那里有亲人，
那里是家乡。

家乡是风筝的线轴，
我在线的一端飞翔。
回望家乡，
是老屋，是榕树，是水塘，
是泉水，是河川，是根的模样。

不是你收卷线团，
是我期待心的营养，
踏着季节的步伐，
踏着岁月的风霜，
降落在那块我深爱的土地上。

天空是烟在飘荡，
混进山间竟成了云样青岚，
震天的声响，
不是雷声而是机器，是炮在开山。

家乡的大地，
水泥钢筋戳向蓝天，
化作灰色森林连片，
我站在树顶远望，
林下的点点金黄，
那是我们的粮食在顽强生长。

瓦屋尚存，
只是坏的坏，塌的塌，
心中一片荒凉，
看那片断墙，
爬满了瓜果豆秧，
墙根的那颗芒果可是枝叶正旺。

粪坑已经变淡，
那里的沼气曾经把村子点亮，
垃圾有了回收站，

零星得谁也懒得发现。
自来水让我辛苦掏的井赋了闲，
喜了那洗衣机，
得以在家家户户快乐地歌唱。

河沟有了水泥堤岸，
那一丛丛的修竹没了踪影，
河道倒是身材修长，
大雨一来便只好让水四处流浪。

远行了的祖宗都在山上，
光秃秃的山岭长出秀发，
祭奠的道路早已披荒，
你们都化了草木茂盛，
望着烟雨缭绕的自然天堂，
说一声抱歉。

走十塘路，
还有五里的泥汤，
听说很快就可以通畅，
我可以起飞，
风在路上。

10 月 6 日

钙化

我就是那深海的珊瑚，
岁月钙化成我的根基，
将我举起，
向着阳光，向着希望，
向着陆地，
将我送进永恒的世纪。

我的童年，
有点纤细，
我的青春，
构不成粗壮的腰肢，
岁月的沉淀，
不是油脂，
是那钙化的骨质。

过去的已经过去，
未来尚不可知，

弯下腰，
新的岁月筑出新的支点，
在自己，
伸展，壮大，
可以有自己的设计。

我是那深海的珊瑚，
岁月钙化成我的权枝，
只要给我时间，
我给你筑一座岛屿。

故宫角楼

月隐白云日落山，角楼款款印河湾。
千年柔媚城头舞，骚客影人醉不还。

我们都是太阳教

我们的心中都有一个太阳，
或大或小，或明或暗，
它主宰着我们的生活，
我们的思想。

我们追逐太阳，
有太阳的日子，

我们生机勃发，
情绪昂扬。

我们消费太阳，
阳光，沙滩，
是那个广告的亮点。
太阳就要落下，
我们凝望，手舞足蹈，
我们守候的不是死亡，
是享受他送出的最后辉煌，
还有放到山下，海里，湖中的，
另一个艳阳。

我们生来就是太阳教，
教主就是那个太阳，
我们爱恨交织，
我们把自己的身份遗忘，
但又总在不经意间流露，
期待他的爱，引导，
走出迷茫。

10 月 5 日

秋天来到校园

不到一年，
已经十年，
那时种下的树和草，
特别的葱郁，
掩盖了碑石，
造出了荒径，
听满园的鸟语虫鸣，
唤来心中的宁静，
孩子们都走了，
迁到了山中的那块地坪，
那里有新的树，
新的落樱。

站上高高的阳台，
俯瞰大地，
到处在生长，
吞没了我的那片碧海，

心中晃动的帆影。
撞上眼底的堵堵高墙。

什么都没变，
凝滞的时光，
呼吸都还是旧时模样。
屋里挂的影像，
碑文中加的黑框，
告诉我很多的以往，
斜照在窗前的阳光，
投来一丝悲凉。

不过没事，
你看那枫叶都没红，
飘落的只是数张梧桐，
我不用把诗往秋风里送。
过去没有的，
无线网络沾湿了感觉，
滴落的露珠，
缀满朋友们的天空。

10 月 4 日

目中一缕星光

你就在我身边，
呼吸可聆，
馨香沁人，
极目搜索，
世界只是空空一片，
我将目光收回，
你就在我身边。

我爱你，
心醉醇绵，
你不爱我，
我的爱与你又有什么关联？
你头轻扬，
目中一缕星光，
就让这爱的岁月溪水潺潺。

我将心放飞，

不是苍鹭不是白云，
不是信鸽不是鸿雁，
只会跟随岁月风雨，
只会报信只有惆怅，
那是一只苍鹰，
一道闪电，
与你直上九霄，
俯瞰你大地徜徉，
无论世界有多黑，
哪怕只有一瞬，
也会把你照亮。

我爱你，
你知不知道，
你都在我身边，
你若爱我，
这一切便与你关联。

10 月 3 日

日前滑冰并忆

初入冰场日，七年弹指间。
蹒跚才学者，潇洒舞悠闲。

注：国庆日带小女到新世界滑冰场滑冰，想起 2007 年国庆地第一
次来滑冰的情景。

十一天坛即景

京城沐雨秋光黯，难敌游人兴致昂。
举伞怀婴携老入，听风赏景步长廊。

重阳即景

重阳半月西天挂，遣送一船歌舞明。

寻觅世间何处有，五湖四海独燕京。

国庆之胡同游

携妻将女入胡同，觅史寻风向老城。
炮局成贤前后海，门墩花脯鼓钟声。

南锣鼓巷

不知锣鼓何时响，但见客人今日攘。
街市门庭无隙入，笑声笑脸逐风扬。

10 月 2 日

国家大剧院

一蛋京城惊艳出，千年宫殿共辉煌。
流金黄瓦耀银瓦，南北古今配一双。

北京胡同游

南游闽粤已成空，但赏京城秋色浓。
双九重阳胡同去，红旗如火共霜金。

曼陀罗花

重阳双九映神州，远眺祖先满腹愁。
家祭文章新绩少，曼陀罗醉入深秋。

10 月 1 日

凭湖

凭湖一口烟，漫看柳间帘。
波涌鸳鸯卧，粼粼落日闲。

老

人间数十春，青涩落凡尘。
潇洒老将至，笑迎白发茵。

9 月 30 日

节日之交通

午后京城千路窄，奔驰有翼亦难飞。
登高远望长龙卧，头在密云尾翠微。

深秋

是弟兄，是姐妹，
当深秋来临，
我们都褪去了青春，
向岁月低下头颅，
不是羞愧，
是成熟的沉重，
是回归内心，
是将新的生命，
倒入时间的洪流，
我们依然挺立，

在生活的海洋，
迎接风吹雨打，
笑看日旦斜阳。

9 月 29 日

国庆

举国欢腾日，京城饰美绫。
秋阳金粉洒，天地浪云轻。

奥体生命树

光芒远耀京城外，奥体五钉别样辉。
宜作登高怀古处，亦当仰看慕芳菲。

感

卧佛寺中星月稀，南望京城幻彩旗。
会馆无人聊黯淡，凉风落叶掠空枝。

9 月 28 日

望海楼

海角楼高望月明，低回法鼓诵经声。
荷香淡卷衾衣暖，摇竹叠音心意宁。

茶缘

一叶飘零落盏中，金黄剔透与茶同。
举杯啜饮残秋味，侧耳细听掠顶风。

后海夜色

夜海苍茫现代风，霓虹闪烁酒香浓。
皇家圣水染尘俗，却是普罗无富穷。

后海观霞

霞辉万丈染清风，万顷波平烙日红。
雅乐摄魂穿柳出，京都流韵晚来浓。

听古琴 《唐风》

声悠气缓马蹄疾，近水远山笼雾风。
嘶竹鸣琴听断帛，倾宫碎瓦坠烟朦。

9 月 27 日

插入，点燃

插入，
一个电极，
导入，
灵魂的震颤。

插入，
一根香烟，
点燃，
熏黑了日子一段。

插入，
一根燃料棒，
启动，
燃烧岁月激荡。

插入，
一个思念，

点亮，
无眠的夜晚。

插入，
一种精神，
开启，
遥远的梦想。

插入，
点燃，
插入，
震撼，
插入，
挣扎，
插入，
熔化，
插入，
迷茫。

9 月 26 日

激情慢慢老去

激情慢慢老去，
涂一身的肥皂，
让圣洁的水随意冲洗，
满地的泡沫，
那是灵魂受到了荡涤。

激情慢慢老去，
我还年轻，
依然为远方的风景着迷，
为又一次的远行做着准备。

激情慢慢老去，
我还年轻，
期待着一次又一次的雄起，
攀登，探幽，
化云，沐雨。

激情慢慢老去，
头上亮出了沙化的土地，
下巴长出了苍白的谦虚，
我不再年轻，
依然执着，
幻想无边无际。

哪天

哪天，
你就当一片白云，
飘落我的腿上，
美丽的风光悄然展现，
交融，激荡。
那天，
你就做了一片彩霞，
随风飘起，
留下我长久地，
抬头，张望。

9 月 25 日

盘古

盘古开天几亿年，依然混沌是人间。
戳云耸立奈何雾，板斧开山气却粘。

注：雾霾中的北京盘古大厦。

纪事

陈公坐镇未名湖，若水若风盘道枢。
邀得蒙君来布语，连珠炮响透云虚。

秋日荷塘

秋入荷塘叶半焦，岸边绿柳尚妖娆。
蜻蜓绕立无从觅，鼓噪鸣蝉声亦消。

雾北京

雾锁京城遍地哀，锥心尽在骇人霾。
苍天无助白双目，巫祝祈风风不来。

9 月 24 日

秋意

已经一个多月，
我等待那份凄美，
毫不怜悯，甚至不在意，
绿色的热情洋溢。

雨是夏天来得最多的信使，
这些天日日抵离，
一捆一捆地送来的，
不是绝望的信息，
是花叶满枝，
让我对自己的期待产生怀疑。

我看到了，
这风在走私，
赶早了烦人的知了，
干干地携带来成熟的故事，
人做着假，

将那果实一车车撤离。

还是来了，
那一叶的飘飞，
不是南国春天的更替，
也不是草木在更衣梳洗，
天上的太阳在渐行渐远，
还没送走，
可怜的花草嫔妃，
却已经在准备他的回归。

我承认我的审美，
不是对生命的礼赞，
只是对杂色的着迷，
这有什么不对吗？
春天时我就等待，
等待欣赏即将逝去的凄美。

9 月 23 日

托尔斯泰与他的时代展

文豪今日到京城，国博迎宾召雨清。
睹物思人精气在，感恩恭敬自心生。

秋分

雨荡秋分沁骨凉，玫瑰二度放幽香。
软风扶柳清新意，不及家书自远方。

你的天空

之二

你的天空如此明净
我不知道是否应该出现，
我不能与太阳争辉，

我不想与月亮比冷，
我做朵白云吧，
装饰你蓝色的梦，
我又担心，
光亮会刺痛你的眼，
或干脆就做乌云，
又担心会下起雨，
淋湿你的霓裳。

金云翘传

钱塘旧梦谁裁出，惹得阮攸歌赋长。
金重云翘才命憎，情浓婉转数千行。

9 月 22 日

你的天空

你的天空可是晴天？
我看见太阳照着你的脸，
你说那是昨天。

你的天空可是阴云？
我看到你忧郁的眼，
你说那只是秋水起了波澜。

你的天空可是正在下雨？
我看到你凭栏遮伞，
你说只想挡住人的视线。

你的天空可是清冷？
我看到你双手抱得很紧，
你说你耍酷在众人前。

你的天空可是黑暗？

我只看到你模糊的身影，
你说模糊的是凝视的双眼。

你的天空，我看得见，
我就在你的眼前，
你就在我的心间，
刮风下雨，四时冷暖，
与你同在，心安。

探索太空

结缘九月太空梦，你画金星我月宫。
美国宇航员到访，引游宇宙识苍穹。

注：9 月 12 日，美国宇航员到访史家小学，为迎接他们到来，瑶
瑶与小朋友们一起画太空，想太空，识太空。

9 月 21 日

和张九桓大使仁川遐想

不待兵戈化屑销，喜迎经济涌高潮。
相携共蹈全球浪，将智勇行舞大垅。

天津一日

日落津门早，驱车向北京。
余晖行渐少，孤鹤掠天鸣。

忆盘锦

又到菊黄秋露重，梦回盘锦海滩红。
停车俯瞰彩霞落，驻足仰观丹鹤匆。
乐往田间抓稻蟹，喜来公社品松茸。
迎宾大雨悄然住，送客夜岚猎猎风。

9 月 20 日

报道山中秋色

秋日京南传友信，层林初染菊花鲜。
云居寺塔涂金色，山顶洞人入梦烟。
百里画廊流水碧，十程野渡马车喧。
回环直上大安险，盘曲急行忆旧年。

注：京南房山。大安山煤矿雄踞山顶，上山下山道路曲折艰险。

怀想 1990

板车伴我行，劳碌为谋生。
岁月随风淡，姻缘定北京。

读书目提要

过目千书一夜间，文丛史册杂文编。
事人野草花香赋，佛道神坛半路仙。

学校

远忆青春似白鸽，离家三里困巢窝。
脱开羁绊翔天外，却见青丝染坎坷。

9 月 19 日

夜雨

光刀破云夜雨飞，飘落寒秋人去稀。
慈母扯来衾被暖，心怀忧虑寄新衣。

太阳落下

太阳就要落去，
余晖已经照不暖我冰凉的心。
追随你太久，
知道你不会埋怨，
我不会跟你一起走向黑暗，
我身上的油，
足够点起一盏明灯，
照亮自己，
兴许还能照亮我心爱的人。

太阳就要落下，
就在城市的缝隙，
我举起杯子，
为光明的失去致哀，
为光明的到来干杯，
缝隙不变，
光明不会照到所有的土地，
需要等待，
莫问何时。

太阳就要落下，
天会变黑，
风云会变幻，
我还是我，
随它去罢。

9 月 18 日

台风

说你生在海上，
我只感觉你在身边，
说你是风，
我感觉你推倒了一切抵抗，
说你只是过客，
我看到你占领了一切空间，
说你很无情，
我看到你泪水作江河奔涌向前，
说你很冷漠，
我看到你的明净与温婉和谦。

你可以什么也不是，
你又是一切，
你可以什么也没有，
你又将我的整个世界拥抱。
你可以来去自由，
你又选择了在我身边逗留。

你为我生，为我来，为我留，
我不怕你时晴时雨，
我不怕你时柔时躁，
我不怕你热烈奔放，
我不怕你泪水滔滔，
我愿与你相伴，与你终老。

致白淑湘老师

白云行碧空，淑德立高嵩。
湘女耒阳美，琼花洁若珑。

今天收到白老师发来的短信，原来是给我的藏头诗，很开心。想到白老师是湖南耒阳人，舞蹈家，她演的舞蹈《红色娘子军》中的吴琼花为大家所熟知。于是写了上面这首五绝，以表感激。

9 月 17 日

秋日

城高接碧穹，楼立断飞鸿。
云起天地渺，人乘快意风。

揭阳老村

客家老寨遍山野，风俗传承世代家。
现代疾风南海起，劲吹不入此山洼。

夕照

夕照如灯透树来，金光洒落满章台。
楚王曾赏今由我，后世先生不觉哀。

地铁站

等待时光送我行，穿地越空暗又明。
同渡尘缘来与去，望眼不抬心自宁。

写给雅韵诗社

诗社方成众献词，字工韵雅至情诗。
比兴景美心灵语，状物阔宏见慧知。

9 月 16 日

回想当年

二十七年离广西，别家天暗未鸡啼。
颠簸一夜南宁现，拥挤三天京北栖。
再见三年飞日月，又临数度落岑溪。
山河犹在风情改，不变心中忆与迷。

边关

边关一片月，照我梦长安。
君跨铁龙到，共听涧水弹。

忆昨日江南雨

风雨江南无妄兴，倾盆长夜未曾停。
天公委屈为何事，泪洒黑天复日明。

德安里

百鸟朝凰聚德方，拉车四马燕怡堂。
汕潮民宅安身处，一屋点金丝巷长。

注：德安里是清朝广东水师方耀提督府，点金，单丝，巷屋等是潮汕民居的建筑形式。

云想

人入云山行雾海，身安玉洞进蟾宫。
剪裁素雅缝裙裾，雕琢晶莹做斗篷。
吟诗远致凡尘爱，作赋歌吟仙界鸿。
美意摧心谁愿领，付诸天地一长虹。

9 月 15 日

Touching

It is my dream,
Touching your heart and touching your chin
But it is too far away,
It makes me feel sin.

Touching your heart,
Let me feel stable,
Makes me tremble,
Give me feeling of love and thinking,
But it is too far away,
It makes me feel sin.

Touching your chin,
Let me feel life is true,
Give me the temptation of embrace and lin.
But it is too far away,
It makes my heart spin.

It is my dream,

All will come true,

Touching your heat by my heat,

No—matter how far or side by side,

Touching your chin with my chin,

No—matter how hot, cold, raining or windy.

9 月 14 日

日落普宁

斜阳偏挂普宁西，握手楼间老少携。
推户青山层叠入，风传香臭一潭溪。

比翼

蓝天浩日清风爽，盼得与君比翼飞。
只恨千山分外远，不曾唤得蛟龙骑。

神思

突入逍遥游太空，前途不见梦朦胧。
反观遍体点斑色，老去何曾改所衷。

电厂

我将心中的温度化成了电，
把通向你的路点亮，
传递我的热情我的思念。
有了我，
你的世界从此没有寒暑，
没有黑暗。
我将一肚子的思念，
化成青云，
装点你的蓝天，
为你遮阳，
为你变幻金鸡走马，
为你引雷布雨，
你的世界从此不再干渴与寂寞。
朝阳与落日，
在我们的面前起起落落，
我们有属于自己的气象，
风云雨雪，快乐与惆怅，
相伴与远隔，意念相连。

9 月 13 日

哈密秋雪

哈密欣然秋雪至，天山南北覆飞云。
甜瓜饰白山怡梦，天马奔驰长路分。

对视

打开那扇心窗，
你坐在我的窗里，
我坐在你的窗里，
你欣赏着我的风景，
我欣赏着你的风景。

你的眼睛是一对鼓槌，
总能击中我深藏的心鼓，
你听到了吗？
我心窗里传出的就是你擂响的鼓声。

我听到了，
你的心窗飘荡着我擂出的诗意鼓点。

我讨厌将心窗关闭，
我的窗下为你设了专椅，
你随时可以来凭窗览奇，
或者就静听鼓音，
这心鼓只为你响起。
我会时时进入你的窗中，
聆听你的妙音，
闻你若有若无的气息。

四目对视，
心窗互置，
你的心窗是我的展示，
我的心窗是你的展示，
别移开，
需要你，
你会为我珍惜，
我会为你珍惜。

9 月 12 日

阳澄湖

曾经骄横尽人知，今日何方觅韵仪。
纪委八条除八脚，辉煌已是夕阳迟。

行思

一路南行一路思，南京站外念君知。
雨丝长绕心头润，云被轻裹眼前迷。

悼周巍峙前辈

延安山水歌英烈，鸭绿江寒气势昂。
思想如虹穿日月，文章似雨润心肠。
行流千古真经著，巍峙百年文化廊。
公驾鹤鸣飞极乐，秋山松立竹摇伤。

注：周巍峙前辈1916年生，延安时就是著名文艺人士，创作的志愿军军歌为世人熟悉，曾主政文化部，致力于新时期文化的建设，尤其是1979年起他推动并参与了十部"中国民族民间文艺集成志书"（简称"十部文艺集成志书"）的编纂出版，该志书共298部，450册，约5亿字，历时25年完成，被喻为共和国的文化长城。周老于2014年9月12日与世长辞。有感而作。

夜宿上海外高桥保税区

雨濛沧海远，沪港夜涔涔。
工地繁忙处，货车接踵临。
悠闻船笛渺，醒目射灯侵。
保税难将睡，却因思念深。

9 月 11 日

秋的命题

今天我看到了你的眼眸，
清澈得让霾都舒展了眉头。
就是你偶尔忧郁的眼神，
也让我感觉充满了魅诱。

今天我看到了你的酮体，
柔润婀娜却有春天的活力，
夏天的丰满，秋天的成熟，
绝无冬天的落魄与萎靡。

我闻到了你的体香，
从视线进入我的脑海，
海水都翻腾了，不是风浪，
是悸动的心鼓起的，
是情绪的推波助澜。

我说爱你，

却担心你变得五彩斑斓，
经不住秋风的摧残，
我说想你，
却忧虑你来得太快，
严冬也一样会追赶。

我拥抱你，
要你在我怀里成长，
在我怀里衰老变样，
我不会感到惊讶与彷徨，
我经历了你生命的时光。

我看着你，拥抱你，
闻着你，吻着你，
你愿意与否，
我都会陪伴你走过岁月的走廊。

9 月 10 日

Th ì thầm

Em bảo em đã ốm lòng,
Vì tim em đã bị anh lấy không.
Em có lúc nào hỏi anh,
Anh có lúc nào cảm tháy lạnh đanh.
Anh bảo em sự thật này,
Lòng anh như chiếc lá thu bay,
Héo vì khát vọng chén trà,
Do em tận tay hái về ngâm pha,
Mang muổi em thơm mới mẻ,
Từ mùa thu chia tay trước lũ tre,
Chia cách vạn dặm non nước,
Mong ơi một ngày anh em gặp được,
Cùng nhau phơi nắng bên thềm,
Chung sống thanh nhàn,con cháu không hiếm.

注：刚在手机安装了越南语输入法，试用越南六八体写一个小片
段故事。

教师节之晨

孩子背着老师的信赖，
学生怀着对恩师的深情，
父母兄弟揣着对老师的挂念，
走在铺满晨曦的道上，
他们的心，
早早地被恩师点亮。
早早跃在水面，
艰难得地从城市的楼缝里挤出，
迟迟爬不上山坳的太阳，
你的光芒是否，
照到了老师的心间。

9 月 9 日

教师节

越南最忆教师节，祝贺满天处处花。
探望老师师不在，老师正在老师家。

忆毛主席

三十八年未得安，烽烟犹在四时燃。
评功批过随他去，民众心中称一杆。

落日

落日是电线杆那头的灯，
昏黄的光欲照亮世界的文明，
野蛮与黑暗却在照不到的地方滋生。

落日是电线杆那头的灯，
点亮它的代价是燃烧可怜的氢，
当它黯淡下去，
永远的黑暗将降临地球的生灵。

落日是电线杆那头的灯，
关闭与点亮不过昼夜之间，
没有失落更没有悲情。

落日是电线杆那头的灯，
冷暖无关，
只关乎阴晴。

9 月 8 日

中秋之四

钱江大浪缘由月，宦海涌潮却在山。
冷艳清辉当普照，有人品赏有人烦。

中秋之三

行云流彩尽城东，款款嫦娥玉带风。
昂首诸君凝媚眼，相机闪耀取长空。

中秋之二

明轮尚在途，红毯漫天铺。
短炮长枪备，郎君将妇孺。

中秋之一

天青行皓月，摆酒接风尘。
静待明轮起，共尝情意醇。

坝河月夜

闲坐河边望月明，水中老月对天青。
柳帘开处送风爽，疑是君来三友亭。

注：三友亭在北京西坝河边。

落叶赋

君来世上久娉婷，尝遍冷风凄雨情。
悄把青春还岁月，化成黄蝶赴寒冰。

9 月 7 日

今年中秋

如今尘世向清廉，风越万千到界仙。
月饼寄情成往昔，信函祝好化尘烟。
吴刚好酒无人购，玉兔灵丹少客钿。
幸得诗文行网络，爱心真意望天连。

昨天

昨天，
还在我的眼前
刚才，
已经凝结成历史的瞬间，
历史可以把握，
过去可以重现，
却已经无法改变。
现在，

一道门槛，
一座水帘，
一个道口，
一条小船，
未来从这里流向历史，
握住船舵，
我不动，
却径自向前，
看着船尾的历史飞流，
清楚了自己的选择和方向。
昨天，
已经躺进历史，安详，
现在，
正在飞奔向前，
明天，
阳光和着时间涌来，
温暖，浩荡。

9 月 6 日

You are out of my sight

I feel nervous,

Cause you are out of my sight.

Everything in the pass come to my eyes.

Sick, busy, hurt,

All in my design, I lie to me,

You are just playing game,

 Cooking and drinking coffee.

You are busy with your thought.

You will never beat by disease.

Your voice is always clear,

Smile always in your eyes and from your mind.

But I just feel nervous,

Cause you aren't in my sight.

Where I can see you with my mind.

Everything in the pass comes to my eyes.

How about everything in the future?

Searching and chasing with all my life.

眼睛

一波清水荡柔情，串串涟漪心底生。
魂上广寒无所觅，魄落诗音绕梦萦。

中秋访友

秋阳慵懒入庭深，半屋清幽半屋金。
书卷斜依茶雾袅，主人不见却闻琴。

读李松晨先生新作

笔落水穿山，回锋雨意闲。
横霄天地远，纵墨泼春绵。

9 月 5 日

忆

飞逝时光年复年，半生已去未成篇。
青春散落无从拾，偶得一诗饰梦甜。

天心

满目秋光君不在，粘衣夜露耀星辰。
天心如碧无瑕玉，遥寄远方梦里人。

秋聚

尚有三天秋月盈，宾朋四海聚京城。
把茶换酒三巡过，只语片言尽友情。

9 月 4 日

友谊宾馆即景

友谊曾呼钢铁固，谁知不日万般酥。
刀枪相见斗唇舌，主义难当利益需。

夭折

银杏化金尚有时，风行绊落叶双依。
青黄颜病奈何去，虚度人生不及辉。

中秋茶话会

中秋团聚年年有，把盏芳菲苑里边。
试问座中谁在意，几人故去几人鲜。

注：这是中央文史研究馆举办的茶话会。

园中觅秋

友谊园中觅仲秋，花芬柳抚蝶遨游。
前头一片红黄色，春上百花化彩酬。

9 月 3 日

贺仲秋元前辈大寿

仲秋入贺见公祥，元在仁德与行方。
太上老君颁令箭，寿应堪比泰山长。

贺张华林先生八十大寿

天张大席南山下，松立鹤鸣日映华。
林外童声穿岳语，寿星驾到举琴琵。

眠

想你的夜晚，
我睁着眼，
看思念溢满整个房间，
心飘浮在空中，

不知往何处安放。

想你的夜晚，
我闭上了眼，
告诉自己所有的一切都是梦幻。
我放心大胆，
描绘与你相见，
与你交融与你神游仙境。

想你的夜晚，
我睁开了眼，
恼人的梦，
我追寻你的踪影，
你就在我的前面。

想你的夜晚，
我睁开了眼，
惹人的梦，
你就在我怀里，
就在我的枕边，
就在我的每根神经，
与我血肉相连。

9 月 2 日

我的心田在下雨

我的心田灌满了雨，
你降下的每一滴，
都能激起一串的涟漪。

你不是水滴，
你是大河日夜流泗，
我的心旱田已经是汪洋无际。

我就做一粒盐吧，
在你心的海洋里，
你可能看不到，
却有我的分量。
我就做一条鱼吧，
我在你心的海洋里，
你能感觉，
我能亲昵。
我就做一团空气，

溶进你的心田，
你不会窒息，
我拥有了摧枯拉朽的力。

你不是一粒盐，
不是一条鱼，
不是一股空气，
你就是汪洋一片，
我感到的是摧毁一切的潮汐。

中秋月明，大潮涌起，
翻滚的浪啊，
我会破碎，我会窒息。
我的心田在下雨，
添你这一滴，
便汪洋恣肆。

9 月 1 日

雨中独行

千万条银丝提着我，
在水面上表演，
伸头，开伞
抬脚，踏浪，
奔跑，畏难，
沉思，迷茫。
提着我的是谁，
上帝，佛祖，玉皇？

千万条银丝提着我，
在繁华里流浪，
沉默寡言，
倾听上天，
只有惊雷，
闪电做的灯盏明亮。
提着我的是谁，
上帝，佛祖，玉皇？

千万条银丝提着我，
舞动在尘俗的长廊，
回忆踏着鼓点，
望风成长，
思念散落在脑海，
四处流淌。
提着我的是谁，
上帝，佛祖，玉皇？

河内

高楼独立市中央，俯瞰老街卅六坊。
近处一坛还剑水，红河作带绕城长。

注：河内老市区很少高楼，老城保护得相当好。河内的老城有
36街坊，依然繁华如故。市中心是还剑湖，城北有红河流过。

8 月 31 日

天空飞来一滴水

天空飞来一滴水，
沙漠里，
开出一朵迷人的花。

天空飞来一滴水，
龟裂的大地，
露出柔美的面颊。

天空飞来一滴水，
角质的心，
舞动柔软的轻纱。

天空飞来一滴水，
启动了生命，
延续的下一滴在哪？

8月30日

雨

好大的雨，
不用雷电撕开夜空，
只需听听雨擂动的战鼓，
撼动大地的步伐，
便可得知。

雨落在心上，
流淌得无边无际，
我努力地撑起一把伞，
将你我的天空遮蔽，
雨打透了伞布，
世界充满迷魂的雨丝。

干脆放下，
让雨浇个痛快淋漓，
何必凑那个冰桶挑战的热闹，
这就足以将冲动冲入江海，

渗入大地。
大地隆起，
干咳的颗粒四散在每个缝隙。

雨还是下吧，
浪漫与激情的雨，
你无法将秋草催发回春，
你还可以将腐朽打落在地，
让青春与迟暮在瞬间辨别。

听雨，观雨，
有我，还有你，
发痴。

8 月 29 日

车辙

不见豪车影，可思魁梧形。
动如脱兔疾，静作礼仪兵。

路过清华园

初入清华近卅年，而今再入记犹鲜。
老门依旧林中立，我却鬓毛染白烟。

写梦

梦中君伴我身侧，共往高山入莽林。
立看轻风摇叶鼓，坐听鸟鸣流水音。

秋晨

晨露如珠立草尖，晶莹如梦幻于前。
秋光直入无遮掩，绿意茵茵渐已残。

清华南疆论坛

清华苑里论南疆，高士名家坐一堂。
政策宏观涵盖广，社情明了细端详。
纵评历史真知现，横讲现实灼见扬。
掌握事实方向正，堪资管理治安长。

8 月 28 日

我的爱

我的爱是一股清风，
吹起你的秀发与你的裙裾，
尽展你迷人的容姿，
让全世界的人都羡慕你。

我的爱是那滚滚的铁流，
声势浩大奔流不息，
追逐你承载你护送你，
让全世界的人都羡慕你。

我的爱就像那雷暴雨，
倾盆而下地动山摇，
为你演奏乐曲为你制造波涛，
在你感知所及的地方四处流泗，
让全世界的人都羡慕你。

我的爱就是那梅雨，

敲响你的伞鼓绵绵无绝期，
湿透你的感觉充满你的浪漫期许，
让全世界的人都羡慕你。

我的爱就是那脱口秀，
让快乐把你的每根神经充斥，
让你的笑口常开你的脸永远妩媚，
让全世界的人都羡慕你。

我的爱是那智慧的航船，
把你从一个码头送到下一个码头，
从一个胜利送到又一个胜利，
让全世界的人都羡慕你。

我的爱就是那个拓展训练，
鼓励你跨过一个又一个的危险，
战胜一个又一个胆怯，
走向你人生的顶点，
让全世界的人都羡慕你。

8 月 27 日

豆腐酿

一团翡翠白云间，历练煅烧金玉颜。
观色能知真火候，闻香便溢媚馋涎。

见越南特使

远斗心中气，近闻恶意平。
鸿儒应识势，英杰智安宁。

读平凉周奉真词有感

奉献真情整六年，平凉父老爱君贤。
崆峒泾水润魂久，苹果一颗半世甜。

注：几年前到平凉，周先生正任职于平凉，得以一起游赏平凉名

胜。先生喜好诗词，感情真挚，读来时常令人感动。今日读先生词三首，知先生去职改赴兰州做事，随得几句，权做祝贺，致敬。

日落西直门

一抹残红西直门，眼前地下铁流奔。
城楼威武无余响，大道沧桑史册深。

书展一日

你方唱罢我登场，旧货新书挤满堂。
中外客商文学匠，可怜记者累花黄。

8 月 26 日

豆花

百花残处豆花开，专引仲秋蜂蝶来。
我见却思年少事，园中荚紫美如瑰。

秋

铁栏暂与锁秋阳，却见前头绿渐黄。
最惬蛛神依网坐，虫蚤肥厚正当尝。

未名湖

湖道未名实有名，三千大儒念真经。
石鱼不记联军恨，却怀庚子立燕京。

注：湖中翻尾石鱼来自火烧后的圆明园，湖坐落在北大燕园边，燕园是用庚子赔款建的燕京大学所在地。

读任兴磊兄诗并和

琴声寥落对骄阳，世事无言何故伤。
莫做娇柔悲剧女，心如红日好儿郎。

8 月 25 日

眠

我已经告诉自己，
闭上眼之后的一切，
便都是梦境，
甜蜜，丑陋，惊奇，
无眠，
只是我在欺骗自己。
你无眠，
闭上眼睛，
来我梦里，
一起构筑离奇。

这里通向天堂

这里雕梁画栋，
这里富丽堂皇，

这里音乐低回，
这里肃静庄严，
这里磨心洗肺，
这里抑制疯狂，
这里久别相聚，
这里难闻笑声，
这里握手拥抱，
这里涕泪纵横，
这里拒绝假意，
这里珍视友情，
这里回顾以往，
这里向前展望，
这里舍弃欲望，
这里叩问思想，
这里通向天堂，
这里连接尘间，
挥手，送别，
理解，悲怆。

注：陪同王蒙老师前往京东殡仪馆送别余恕诚教授有感。

8 月 24 日

京城秋日

日落京城天碧洗，横披云带饰温馨。
鸣鸽轻掠风行爽，把酒临窗待七星。

自卫还击胜利纪念杯

硝烟消散久，此物已难寻。
今日盘中见，人非世事暗。

一叶知秋

如炙骄阳透绿凉，梧桐无奈半焦黄。
南行飞雁来去急，莫忘寒来要换装。

泣悼余恕诚老师

处暑天庭震，凡间失乐园。
一人辞世界，诗学少昆仑。
家眷无声泣，学生默语吞。
共怀前辈好，时刻念师恩。

注：余恕诚老师在安徽师范大学任教一生，是古典诗词研究专家。

8 月 23 日

忆厦门

之一　鼓浪屿
琴声飘洒日光岩，错落菽庄聚远帆。
唱吧歌神追浪去，长吟诗语泪衣衫。

之二　炮台
空有神威时世艰，难当国破保河山。
百年崛起富强梦，民主文明六合安。

之三　博饼
中秋月挂浪声嚣，博饼人欢盖大潮。
色子轮番忙看点，厦门民众乐逍遥。

之四　在会展中心看大旦二旦岛
咫尺天涯一水间，相知相看不相连。
不曾以战息争执，应见和谈祖国圆。

8 月 22 日

阳光房中即景

万绿丛中一点黄，不经风雨不经霜。
只缘岁月催人老，花落何须论短长。

致杨鸿基前辈

杨树拔然姿，鸿声阔远奇。
基由天赋好，成在学和持。

影像

莲死扶桑渡，影平灯侧行。
君心存韵美，自有好心情。

环保

空调预设好，环保一招鲜。
轻点傻瓜键，自然心更安。

挂号

门开四点七时挂，号少人多且莫哀。
医院一年从不闭，今朝没得改天来。

写梦

前日君来访，我当正在鞍。
家无茶饭食，乐与小儿玩。

8 月 21 日

峨眉记忆

峨眉山上猕猴怪，经浴香熏远释迦。
好吃不思劳而食，劫人乞讨恶行多。

闻哈密冰雹

白幕遮天日，冰雹落叶飞。
初秋哈密景，夏暑瞬间微。

苏幕遮·犁田

背云天，安踏地，面向荒田，追赶耕牛步。田垄
成排翻越起，渴望丰收，稻满粮充户。
故乡情，无所寄。诗赋篇篇，直把情思诉。河沪
流光年少梦，绿水青山，常在心魂驻。

凤栖梧·伴女读书

　　爱女临窗书画醉。一缕秋风，轻掠发眉戏。篆隶谨严真草备，幽兰硕果松鹤稚。

　　安坐庭中低握卷。望眼高抬，迎接秋阳暖。一叶金黄飘落缓，心田静水起波乱。

8 月 20 日

玉兰

花作千娇媚，果实是陋形。
两相来比较，难禁一心惊。

饭后

今日我徒步，女儿滑板行。
轻松八里后，汗湿一身轻。

我看着你

你告诉我今夜失眠，
无限的焦虑撑着你困倦的眼皮。
在你说这句话之前，
我就看着你，

看着你手里攥着东西，
眼睛轻闭，沉沉睡去，
均匀的鼻息让我不忍站起。

我就在你的身边，
为你打破梦的樊篱，
你且告诉自己，
当你躺下，
你已经在梦里，
你的所想所思，
就是一个个梦的离奇，

我看着你，
听你诉说失眠的丧气，
我看着你，
看你在梦与现实间栖息，
我看着你，
化成你梦的一极。

8 月 19 日

秋天的月季园

没有了虫鸣，
错过了花季，
那个盛大的开放盛典，
已经成为记忆，
夏日的践踏，
枝叶遍地。

如果没有那几朵顽强开放的残花，
其实我还不至于心撕，
心痛的是凋零前这最后的美丽。
我曾走过冬天的花园，
干了的花儿没来得及让花瓣落地，
硬挺挺地抓着干枝，
应该就是，
就是这赶秋天的美丽。

谁都有自己的时期，

怨不得生不逢时，
管它呢，
且一展此生的容姿，
老去，凋敝，
或者凌寒，凝息。

皮

一层层地翘起，
一层层地脱落，
凹凸无致，
我的皮，脸上的如此，
心上的有吗？
除非磨砺。

说的细腻，
经不起，
虫子那双慧眼，
到处都是缝隙，
积灰透气，
除非死皮。

就这样吧，
脱落不是死，
脱落就是生机，
看世界，
本来如此，

更新了自己，
滋养了另一片天地。

眼睛与苹果

我嘴很笨，
不会唱你是我的小苹果，
怎么爱你也爱不够。
我只会盯着你，
读你眼底的快乐与忧伤，
你心里是否因此不安？

我不会品尝，
不知道你有多么的甘甜，
但如果你发酸，
我便会满眼泪光。

我很好色，
所有的美丽都会让我迷离，
但我希望贴近你，
愿意被你一叶障目，
纷繁的世界从此在我眼里消失。

我的胸怀，
可以把整个世界都收藏，
但只要有你，
就可以把我填满。

8 月 18 日

受伤的树

皮开肉绽露形骸，泪结黄金塑罩盔。
且忘心中生死痛，春来花发不言哀。

如梦令·对吹

一桌四人两对，冷饭清汤互啐。尽道世间情，难得幻
痴如醉，惭愧，惭愧，身侧有人为贵。

注：戏作也。

8 月 17 日

上天待我

上天待我真好，
给我健全的体魄，
一双眼可以看到，
一双脚可以行走，
一个心把世界尽收。

上天待我真好，
给我一片绿地，
满是诱人的花草，
给我一片天空，
有雁行虫鸣阳光刺眸，
有风轻雨重雪花飘飘，
有电闪雷鸣天籁幽幽。

上天待我真好，
把你给我，
我的星空银河横流，

我的梦境光和韵美，
我的风景旖旎炫瑰
我的岁月不再虚幻蹉跎。

上天待我真好，
允许我在这个和平的时空流连，
允许我在不属于我的风景留下脚印，
允许我给过往的风送上亲密的问候，
允许我在透明的酒杯印上我的唇。

上天待我真好，
把世界给我又把我抽空，
从不让我自满，
把风景给我却只让我把印象收藏，
从不让我有过多的负担。
把你和岁月借给我，
从不告诉我什么时候需要还。

上天待我真好，
我等待着把世界尽收，
我会记得，
属于我的属于我，
不属于我的我会收藏，
我会凝望，品鉴，走过。

浣溪沙·忆

河内别行还剑湖，神龟相送越王都，千年故事自华闾。
跨越边关回祖国，东京十载多欢娱，交州回望泪衫襦。

注：还剑湖传说为越南黎太祖获胜还剑给神龟的地方。越南李朝1010 年自华闾签建河内升龙城。我住越南十个年头，有苦有乐。

初秋

旭日东升丹鹤出，霞光醉染彩云流。
寻张觅李看山去，硕果满枝绿满秋。

8 月 16 日

老朋友

你早不来了，
可我总感觉你还会来，
信息时代，
你喜欢上了突然到访，
说这是最古老最自然的行为，
准备了所有，
柔软的铺盖，
今天没来，
或许明日，
我都有了醉酒犯困的感觉，
睡不醒的疲惫，
你还来吗？
老朋友，
不来我就老了，
谁会为我们的不再相见悲哀？
从青春到枯干形骸，
兴许，这是简单的回归。

南京青奥会开幕

青春无梦国无梦，奥运南京话不同。
日寇投降方一日，礼花开处少年雄。

注：昨天是二战日本投降日。

闻舒乙先生八十大寿

人生八十韶光好，有寿有成难赋闲。
谁道青春今不再，少年彭祖露赧颜。

8 月 15 日

又一个秋天

宝贝
又一个秋
风有点凉
白云装点蓝天
你诗里那片黄叶
还没飞落，闪着黄色的光芒

念
有你与我并行
季末的莲
站着一只百灵
唱起绿竹调
林村，庙会迎春
风有点冷
竹子的秋千，你荡，

念

那个好日子
有你与我同行
巴亭广场
西湖粼粼
柏林广场
人头涌动
孤独莫名

念
桃花，正月
吻，长城
有你在我旁边
宝贝
又一个秋
黄叶纷飞
落在我们衣领
有你与我同行

8 月 14 日

祝任锦墨小朋友

任由骁勇逐霄汉，锦绣前程已在鞍。
墨点青山千里阔，才将雄师六合安。

注：兴磊兄本带刀护卫，得子号锦墨，嘱我为小友作诗，盛情难
却，勉而为之。

与友谈诗

我喜笔端如落雨，君安字琢句雕成。
自然诗韵意流畅，苦作行吟作赋精。

金银花果

又见金银花果红，问君记否旧春风。
天如碧玉阳光暖，双色花开映笑容。

8 月 13 日

水

你是随雨来还是随空气来，
让干旱的大地长起了青苔。

粉尘一样的心，
滚成了芝麻汤团，
顽石一样的心，
点成了豆腐奶白，
有点柔软，
有些香甜，
难以释怀。

挑起土挑起沙，
筑成坚固的河堤大坝，
豆腐渣，
慢慢溢满的水，
融化，
不知不觉的坍塌，

无边的泛滥，
串串泪下。

回望，
一片润湿的土地，
荒草，
出没几只野鸭，
种下几颗多情的种子，
不必等待收获的庄稼。

8月12日

我在树下等你

我就在那棵树下等你，
你什么时候来？
这会树叶刚刚发黄，
我不焦急！
你记得上次咱们见面的时候，
一起挥汗如雨，
冰棍吃的畅快淋漓。

我就在那棵树下等你，
你什么时候来？
这会树叶刚刚掉光，
我不焦急！
你记得上次咱们见面的时候，
围着树转了半天，
寻找那鸣叫的知了，
问什么时候我们再见它知不知。

我就在那棵树下等你，
你什么时候来？
这会白雪刚刚覆盖树枝，
我不焦急！
你记得上次咱们见面的时候，
你问过我，
冬天结冰会不会冻坏树皮。

我就在那棵树下等你，
你什么时候来？
嫩黄的叶芽刚刚爬上树枝，
我不焦急！
你记得上次咱们见面的时候，
我们一起讨论过，
春天的枝芽冬天藏在哪里。

我就在那棵树下等你，
你什么时候来？
花儿正在放着惹人的香气，
我不焦急！
你记得上次咱们见面的时候，
说春天一起在这里等花苞，看花开，
在树下呆整整一个花季。

我就在那棵树下等你，
你什么时候来？
这会树叶葱茏茂密，
我不焦急！

你记得上次咱们见面的时候，
约好大家一块早起，
看看知了怎样爬上树枝。

我就在那棵树下等你，
你什么时候来？
这会树叶渐稀，
我不焦急！
你记得上次咱们见面的时候，
说在这里我们相识相知，
这是咱们的福地。

我就在那棵树下等你，
你什么时候来？
我不焦急！

8 月 11 日

云

天很蓝的时候，
别忘了扯上几片云，
欣赏的人说，
再美的人啊，
也得有衣裙，
这是教养与文明。
云多了，
天就失去了自己的纯净。
问为什么，
再美的衣装，
也不能掩住你的脸，
更有你动人的眼睛。
蓝天，
一身的轻纱，
飘然若仙，
但单调总会让你顿归平平。
拉上远来的太阳吧，

把你的袍褂点染，
早装晚装，红黄紫青，
看着你，
就是最笨的诗人也会充满激情。

沿着我们走过的路

沿着春天我们走过的路，
独自探望一起看过的花草树木。
为你开放的满园玫瑰，
已经香魂远去。
蜂蝶早已经把她们忘记，
残败的枝叶在我面前喁喁倾诉。
缤纷的玉兰花墙，
早变成了绿色屏障，
长长的果实从叶丛中探出脑袋，
问你的紫绸花服。
与骄阳比美的石榴花啊，
已成百子之母，
青涩的果实，
柔枝不胜重负。
树下双座的石头凳子，
空了一个夏天，
已经被太阳烤酥。
你还记得那海棠花雨吗？
在那花雨起飞的地方，
粉色的果实一簇一簇，

树枝在地面上匍匐。
用生命之花迎接你的竹林，
已经干枯，
金色的竹子一根一根地包围着，
那条石径，
鸟儿正在踱步。
高大的银杏呢，
树下几片落下的黄叶，
埋怨你怎么不来，
秋天他们可就全都做了土。
紫槿一半是果实一半是花，
在绿色的世界里显得相当孤独，
你不来，花儿都已经凋零，
连枝叶都已经干枯。
你还来吗？
来一起探访春天走过的路，
不要等到了深秋，
落叶将路掩埋，无处落足。
你还来吗？
来一起探访春天走过的路，
不要等到了严冬，
冰冷了热情的油松，紫竹。

8 月 10 日

阳光

秋雨送来明媚，
今年最后几次，
你进入这北向的窗，
你又要远行了，
你先走，
还是你去追随那南行的飞雁。

我已经习惯你每天的到访，
在我梦中，
在我醒后的迷茫，
在我梳洗打扮，
有你在一切都那样亮堂。
你就要走了吗？
我已经听到给你送行的鼓响，
我，不会去送你，
我怕你看到我失控的模样。

你不在的日子，
生活热烈依然，
我用厚厚的铠甲将自己裹上，
我怕我的心冷了，
再难飞扬。
我在自我的束缚中寻找希望，
希望本来就在的，
我知道那一天，
你会飘然而入将我探访，
带着灿烂，
带着硬朗，
带着柔软妩媚的花香。

你来了，
我不问，
所有的欢迎，
所有的快乐都写在脸上，
你走了，
我不送，
留恋与期待都留在心中，
生活就是分分合合，
来来往往，
我这总有你的地方，
我有一个信念，
你走多远也总会回还。

8 月 9 日

时钟

步伐稳健，
勇往直前，
成了人们盘点生命的准弦。

不论短长，
一心不变，
你不曾在意，
痛苦的煎熬，
快乐的抱怨。

有声嘀嗒，
无声闪亮，
静默与躁动，
与心中的尺度无关，
真诚，信赖，可看。

想念威海

威海斜阳照我心，波光浪影闪粼粼。
王师甲午哀声在，英烈史诗壮士吟。
旧廓新城如画出，近亲远客若潮临。
欢声笑语穿云去，绿水青山染日金。

读马士弘 《百岁追忆》

川中掌故马翁知，荒谬绝伦拍案奇。
剿匪原非一党志，大清以降万民祈。
将兵救国经千战，用智运猪承百欺。
风雨兼程终见日，年丰人寿世安祺。

8 月 8 日

时间，我的收藏

我把时间收藏在骨头里，
我便开始了成长。

我把时间收藏在心里，
我便开始了思想。

我把时间收藏在眉眼里，
我便开始了绽放。

我把时间收藏在皱纹里，
我便开始将快乐点燃。

我把时间收藏在名字里，
我的岁月已经消亡。

我把时间收藏在诗篇里，
我便开始了无边的辉煌。

我把时间收藏在历史里，
我便变成照亮历史的太阳。

8 月 7 日

立秋

夏天还没毕业，
又把秋天收到了班里，
那些盛开的花儿，
迟到的相思，
该如何处置？
啊，
让他们结婚吧，
那是个灿烂的种子，
很快可以尝到果实？
不，
严冬滋味。
算了吧，
我拉着春天的大计，
集合夏天的火力，
烧了，
管他冷热生死。

祝老妈生日快乐

老妈八十尚需三，耄耋群中一少年。
百岁将来犹伴我，周游四海探名山。

8 月 6 日

历史

历史，
那样矜持，
你是彩色的，
还是非黑即白？

多少人啊，
对你有知，
黑白的二维，
无声无息，
需要旁白，
只有他自己。

历史，
你不用那样矜持，
亮出你的底色来吧，
阳光会让你变得亮丽。

彩色

——寄鲁甸地震灾区

彩色，
鲁甸的主调，
是记忆，
是现实。

灰瓦散去，
新鲜的泥土从地球深处涌起，
滚动的彩石，
血红的花朵满地，
绝望，希望，悲伤，哭泣。

彩色的信息，
彩色的帐篷，
彩色的饮食，
彩色的征衣，
彩色的祝福从四方邮寄。

灰瓦散去，彩色的哀思，
彩色的希望升起在悲伤的土地。

8 月 5 日

月色

那条不知疲倦的小河
打着石鼓，翻着银波，
鱼儿睡不着，
想天上的银河，
被中元的月晖淹没。

关上所有的灯，
是本来就没开，
窗前的茶泡着月亮，
在黑天上放纵的她，
在杯里满是羞涩，
啜一口，便碎了，
众多的神奇故事在牙齿间跳跃。

地上点燃了纸，
不是呼唤月神的，
对祖先的思念将恐惧击破，

心中宁静的月河，
不能有藏在记忆中的人，
走过。

鸟儿睡着了，
偶然的咕咕，
显然是醒来错看了明亮的窗布，
太阳还远，
打个哈欠，
梦还继续做。

热闹起来了，
在太阳面前月光没了去路，
她只喜欢安静，
属于安静，
明亮的世界，
摧毁了无端的思绪。

8 月 4 日

熊猫

生若无毛鼠，艰难入险途。
温箱精细养，室外骨筋舒。
牛奶加青竹，舍笼向野芜。
何时能自立，不必靠人孵。

贺马士弘马识途回忆录出版发行

马年夏日，天府流火，马士弘百又三岁，马识途百岁，均作回忆录，生动感人，由三联书店（生活书店）出版发行，川中文轩集团特办仪式以庆，寿者名家云集，特拟七律以记。

成都二马百龄长，同著新书忆世殇。
少将士弘书抗战，豪情热血溢胸膛。
识途斗笔文思涌，卓见真知智慧扬。
能耐天磨真铁汉，铸成世纪寿中强。

我是一只小鸟

我是一只小小鸟，
轻轻掠过太阳掀起的春潮，
逗落在你的心头，
红云泛起，
布满了你的脸，
布满了所有的日子，
如红莲，如桃，如烧。

儿时

儿时乡下快活多，绿野青天伴大河。
林下匾箕能捉雀，水中筛畚可捞螺。
竹藤枪炮攻防战，草木车船比赛驮。
大雨来时天体浴，狂呼乱跑唱山歌。

注：匾，箕，筛，畚（běn 声）均为农具。图来自网络，小朋友手中的是木薯竿，当车玩。

8月3日

成都云雨

按下云头到四川，朦胧烟雨不虚传。
锦江湾畔寻居处，天府廊桥觅辣酸。

云端断想

人在云端尘俗远，穿行市井世缘真。
街头安座梵音入，村角把茶思绪茵。
酒肉穿肠愁不断，粗茶淡饭乐盈频。
投身问道京城久，俯仰何曾乱我神。

贺孔学堂书局成立

阳光高照奎文阁，孔学堂中礼正张。
书局新生成已见，弘扬传统勇担当。

8月2日

七夕

那出天仙配，
在汽灯下上演，
多少人为苦难哭泣，
多少人为娶了仙妻艳羡。

逃避了束缚的畅快，
为朦胧的情蹈火赴汤。
从没觉得这七巧是个好日子，
为这遥天一见，
搭上 364 日的艰辛，
还有说得上与说不上的担心与
思念。

或者，你的审美，
喜欢痛苦之后的那点甜。
只是因为 2 月 14 来自西洋，
硬要把这七夕当作爱的节日宣扬，

你说你这爱的观念是否原创，
有爱可以张扬，
心中有情，
更可以传唱，
选择一个你的日子，
选择一个咱们的日子，
送上温柔，
向着未来依望。

那出天仙配，
没有了汽灯，
渐渐成了过往。
遗落的情，
在地球的这厢，
发酵，
在银河里流淌。

我告诉你我在恋爱

天上的白云，
你时而花枝招展，
时而泪雨潸潸，
你是怎么了？
我告诉你我在恋爱，
他正注视着我的行装，
他日夜拨动我的心弦，
他的热情让我快乐得翻滚，

他的冷静让我掩面，
我是如此多愁善感，
无端地欢笑无端地泪水涟涟，
只有我知道，
我的心眼，
时刻接收着他的信息与思念，
你问我为什么这样，
我自豪地告诉你我在恋爱，
请别见怪沉静的我又疯又癫，
请别见怪我看什么都温暖，
请别见怪我看什么都不顺眼，
我已经跟你说了我的爱恋。
白云升起，
装饰了蓝天，
布满了我的视野，
娇媚粗犷温柔冷艳，
你这是怎么了？
我跟你说了我正在恋爱。

8 月 1 日

梦醒

阳光入榻梦尤新，牵手夜郎四野巡。
照影深潭攀峰绝，欢歌共舞侗瑶人。

云马南来

云马南来四野风，高原夏日爱空蒙。
碧霞荡尽余铅墨，似雨似晴暖湿笼。

贵阳书博会开幕

书博贵州今日开，宾朋读者五洲来。
遍收天下奇闻录，尽把神州文采排。

7 月 30 日

北戴河海滨

漫卷浪来拍岸清，红男绿女听雷鸣。
小儿濯足欢声起，色变父兄呼喊惊。

雨中回家

净水泼街入北京，高挂华灯作宿星。
照我清凉新梦到，再闻虎变不心惊。

红莲

耀日红莲血脉张，无边思绪舞猖狂。
晨风送爽汗难止，只恨雪飘露结霜。

7 月 28 日

留园有感

世人皆悦冠云峰，秀美婷婷入碧空。
我自孤闻难识赏，亭台楼阁乱蓬蓬。

步入竹林

独步竹林间，心胸尽淡然。
翠凝天地小，散发梦思甜。

出京

三更辞梦出，铁马向东行。
碣石秦皇立，风和沐我清。

7 月 27 日

虎丘

姑苏城北虎丘中，埋剑成池万世隆。
题笔名家追日月，连篇佳话耀长空。

乘列车过泰安

穿行齐鲁地，思绪满胸膛。
神憩待红日，舜耕入佛堂。
班门弹艺技，孔府赋诗行。
夏日泉城梦，冬临百脉狂。

注：神憩是泰山顶上的宾馆名。舜耕是济南千佛山下宾馆名。鲁
班是滕州人。百脉指百脉泉。

7 月 26 日

入寒山寺有感

寒山寺里觅寒山，新铸钟声耳侧盘。
张继诗篇形壁立，名声持塔固千年。

双湖记

西湖明镜煮肠愁，翘到升龙念杭州。
河内若然仍在国，媚娘远嫁畅心游。

注：照片前两张是河内西湖，后两张为杭州西湖。翘指越南长诗
《翘传》主人公王翠翘。该长诗由越南阮攸改编自清朝青心才人编
的《金云翘传》。该传写的故事发生在钱塘。

7 月 25 日

同里水乡

游人千里到江南，劲入水乡觅旧年。
石岸挽波穿日月，老房刻史记先贤。
茶棚听雨潇潇落，小馆闻琴蹴蹴弹。
拨柳船歌云荡去，声嘶和应只余蝉。

风雨廊下

风雨廊下的同里，
是一壶茶，
一段沉思，
一首歌。

哗啦啦的香风吹皱了古老的河，
洗洗涮涮的老婆婆，
带上白羊肚毛巾唱，

一条条石巷一扇扇窗，
一个个庭院挥汗游。

翻腾的鱼儿吻着清波，
想着曾经躲避的笸箩，
安静的日子快乐祥和。

珍珠塔不见塔，
多少人到惹祸的宗祠求福，
不如去南北转东西的人家，
退思园里品人生甘苦，
闲看祸福。

三桥吉利，
平步而过，
嘉荫堂里待佳音，
回家，
慢品耕读，
乐呵。

7 月 24 日

你说你没事

我问你，
那么多的事情你是否扛得了，
你说你暂不需要支持。

我问你，
你是不是受伤了，
你说那只是掉了点皮。

我问你，
是不是失眠了，
你说那只是与焦虑斗勇斗智。

我问你，
是不是病了，
你说你是个汉子。

我问你，

见不到我你是否失望，
你说你有自己的广阔天地。

我问你，
是不是伤心了，
你说你没事。

我跟你说，
面对挫折你可以哭，
你说那能是多大点事。

我跟你说，
世界其实决定于自己
你说其实你一直很哈皮。

7 月 23 日

绍兴东湖

石鳞千仞万锤出，倒映清波气宇巍。
击水静流思故越，层楼叠阁作灰飞。

绍兴行

云白不遮日，征途汗水浇。
绍兴文学地，趣味正妖娆。

绍兴东湖怀古

凿尽东山石，越王起大城。
宫墙高万丈，楼阁叠千楹。
深院嫔妃艳，前庭文武精。
穷奢其欲极，俄顷化塘浜。

7 月 21 日

虎跑泉

声名远及九州外，夏日炎炎引众来。
寻觅芳踪无苦色，得形梦碎怎抒怀。

又入灵隐

数番灵隐问南天，峰自何来谁凿龛。
毓秀钟灵蕴佛法，宗师传道众修禅。

六和塔上

六和塔上沐江风，远眺长桥入碧穹。
秀岭新城相对美，几人触景忆茅公。

夏日灵隐

灵鹫飞来落南山，隐藏佛寺耀梵天。
兴衰几度石曾记，世道清明方有禅。

集贤亭

一亭山水间，盼得聚人贤。
出入观游者，凡尘几是仙。

冰草

叶间冰屑厚，不见一丝凉。
侍者报然嘱，试尝冰草香。

7 月 20 日

远行

晨光热浪京城早，远足他乡四海同。
世道清平人乐梦，踏山蹈水畅游中。

7 月 19 日

芝园

芝园多小景，静谧溢温馨。
漫漫韶光好，匆匆过客停。

感台风袭击海南

天黑魅妖出，生灵作蚁轻。
浪掀三百尺，雨下万江倾。
船似寒蝉颤，车当潜艇行。
树残房屋倒，灾难满心横。

7 月 17 日

看球

狂欢逝去彩旗留，从此三年不看球。
最恨德阿终结早，更期中国立潮头。

那一场飘落的精灵

在这炎热的七月，
纷纷落下，
白色的精灵。

我想那是雪，
我感觉到了清凉，
我看到了润泽与晶莹。
可那不是雪，
雪比这轻盈，
是雪怎么不见她曼妙的舞姿，

是雪怎么不见她令人心疼的柔情。

这是冰雹，
看，它只是直冲直撞的愣头青，
它怎么会有雪的聪明，
听，它只会打砸青红皂白分不清，
它怎么会有雪的德行。

在流火的七月，
纷纷落下的精灵，
我期盼那是雪，却是冰。

睡神

昨夜梦来天未迟，悠悠醒处太阳西。
周公不见黄粱远，种菜侍花弄籓篱。

7 月 16 日

城市

路在脚下，或在头上。
下来是为了上去，
上去就是为了下来。
跨过是希望融入，
融入有时便跨不过去。
走过弯路也许可以直行，
直行到最后少不了走弯路。
就在面前，气息相闻却不能相见
你得等我绕道天边。

黄花

竟日黄花秀，意柔心亦红。
前程多少事，于己断缘空。

7 月 15 日

诗歌节感想之二

一台上下乐如疯，舞伎唱游官话浓。
何得诗人兴会此，吟歌赋对写心胸。

闻中国诗歌节绵阳开幕

诵尽千年佳句多，前贤妙笔唱成歌。
声阑灯熄人离去，新作难吟叹奈何。

玫瑰

昔日玫瑰在手心，闻声见喜沐甘霖。
形残香黯无多日，蜂蝶无踪远赋吟。

7 月 14 日

有的花

有的花，
刚刚盛开，
就认定自己已经凋残，
不堪再与人观赏，
早早地将自己的心儿裹起，
用果实替代了自己的霓裳。

有的花，
已经成了干，
从不认为自己已经愧对大众，
依然屹立枝头，风度翩翩，
笑对天地，笑对自然。

有的花，
只是一个生命的前奏，
从不曾成为独立的一支小曲，
别人看到果实，

却从不曾知道花的美丽与芬芳。

有的花，
自己就是一个传奇的故事，
一段美妙的舞蹈，
一部动人的交响，
果实只是她传递生命的一个信箱。

你是花，
你自有自己的价值衡量，
是闪耀在太阳光下，
T 型台上，
还是在月色里婉转一现，
你会有自己的选择，自己的判断，
不必后悔，生活本来就这样，
或姹紫嫣红，或暗淡无光，
或无味枯干，或婀娜芬芳。

7月13日

顺行

朝饮戴河水，午烹隆福鲜。
驱车三百里，半日一回还。

7 月 12 日

北戴河

你是美女，
你是绅士，
你温文尔雅，
你温柔妖娆。

你是碧玉，
你是钻石，
你温润甜美，
你光彩四射。

我期待着，
期待着牵你的手，
期待着融入你的怀抱，
期待着抚摸你的脸颊，
期待着欣赏你的光彩。

我见到你了，

梦想中的你。
你温柔的外表难掩你的冷淡，
从你的温文尔雅我看到了孤傲冷漠，
你的圆润掩盖在锁子甲下，
你的光彩暗哑。

是那一道道的路栏，
是那交织的海上拦鲨网，
是那冷酷的歧视目光。

路很多，
哪条可以通向我去的地方，
海很阔，
哪片我可以放松徜徉，
天很热，
哪处的目光不让我心底发凉？

我寻找，
寻找心目中的那个地方，
我问天，
打听为什么会成了这样？
我登上联峰山，
我站在鸽子窝旁，
看着碎波涌动的大海，
一片渺茫。

7 月 11 日

暮色北戴河

日落方知皓月苍，落霞海色暮霭茫。
游人醉洗清波浴，北戴河山闪慧光。

海边独坐

清波抚岸听声越，习习凉风远噪鸣。
双雁高飞云海阔，一舟起伏向前行。

祝贺黄悦叶青喜得贵女

7 月 11 日 19：50，黄悦叶青喜得闺女，小名点点。特赋诗以祝。

青叶露华凝，珠光点点明。
黄家充喜悦，凤至鹤和鸣。

7 月 10 日

太阳花

最爱红唇烈日蒸，柔情似水化丝绫。
路边一簇平常草，色比牡丹更自矜。

夏日之晨

赤日东临万焰生，苍山碧海共燃情。
长空水陆通途满，涌动人潮向远程。

7 月 9 日

读张力忆英伦贴有感

林里逐奔鹿，水中赏落云。
湖光山色近，海角怒涛浔。

数伏

数伏天欢人亦狂，汗淋身湿薄衣装。
娇荷映日游人醉，紫槿如潮深苑藏。

树下尤物

楼下树根藏魅影，远观近看物华灵。
似闻鸣叫哀哀起，忙摄惹人怜爱形。

7 月 8 日

雷雨·和吴华敏先生

风云越谷卷山来，
压向南城远望台。
声震天庭雷祖怒，
我迎万箭暢抒怀。

槐花雨

滚滚夏风来，催槐二度开。
缤纷花雨落，不见黛钗哀。

蜀葵

洁白无瑕瑜，心中一点红。
惜怜声誉美，远避雨和风。

做客

进门馓子锅盔面，畅品奶茶干果馕。
话过五巡填肚满，佳肴方始奉君尝。

园中即景

莲花叠影依，醉忘腹中饥。
风过摇槐紧，纷纷落玉玑。

7 月 7 日

回望 1912 北京

百年回望短，破落令人惊。
街市多牛马，山川少草荆。
天坛人迹远，钟鼓匿声鸣。
岁月流殇去，抬头四野青。

承秦敬德老师命作二首

之一

秦时南越地，敬老重文章。
德政经天地，何曾叹国殇。

之二

秦生娇媚女，敬奉好诗篇。
德重山河记，韵飘万万年。

注：秦敬德女史，南粤人也，为政以德，文章诗词俱工。甲午夏日京城西小聚，余作第一首以贺，言命题沉重，乃命为第二首。

致韦军民兄

韦国清门下，军中大将才。
民生心里记，山水一书斋。

夏日小聚

南国英才聚，京西夏日晖。
乡情如烈酒，沉醉不思归。

7 月 6 日

第七届政治学与国际关系学术共同体年会

京城热比焚，赶会汗津津。
大学名师讲，公司老总抢。
海归思路阔，土著见闻新。
暮色沉沉落，团团争论人。

茉莉花茶

那是 18 岁的记忆，
那是我认识北京的香气。

上好的龙井，铁观音，
浓浓的沱茶，
都未能刻我心脾，
来吧，一杯香片，
整个世界都氤氲你的神奇。

这是第一次，
你在父亲节给我送礼。
我从没跟你说过，
北京的记忆，
我打开那银色的塑料纸，
扑鼻而来，
多少年的往事。

潸然而下，
一行一行的诗。

7月5日

图兰朵

可惜了，
帕瓦罗蒂，
你为什么走那么早，
大剧院的舞台应该有你。

可惜了，
巴山戏鬼，
你不是那意大利的普契尼。
可惜了，
你没有来，
图兰多在大剧院里唱起。

故事已经熟悉，
旋律有谁不知，
我就在这圣殿，
沐浴那哀怨，灿烂，淋漓，
放飞我对你的执着与情丝，

图兰朵。

变形记

早起变形忙，金刚立两行。
西来神与怪，电影院中藏。

某单位门口一件工艺品

繁复美难寻，却曰值万金。
人非粗俗癖，借此表衷心。

7 月 4 日

爱

给你，
钢筋铁骨，
去抵挡岁月的风雨。

给你，
屋檐棉衣，
让你躲避雷电寒芜。

给你，
教化训导，
让你识时认路。

哭，
早已无须哺乳，
坚称是我唯一的保护。

苦，

已是大树，
还带着孩提的箍。

诉，
谁听，
你哭，我哭。

爱，
之足，不知，
其足，缠足。

7 月 3 日

钟鼓楼

晨钟早不鸣，暮鼓亦无声。
犹守中间线，平安一座城。

感悟

此枝长太高，摇曳更风骚。
生在凡间地，夭折有枪刀。

自由幻象

我骑着自由，
在夏天里的春天行走。
耳边落下的一只鸟说，
你是不是小偷？

窃取了我固有的心一兜？

我笑了，
你应该朝那心去吹哨，
如若你好好厮守，
这世间怎会有小偷。

鸟儿摇头，
扑腾了个够，
要从耳朵眼里发现失落的红线头。

春天从头顶飞去
夏天突然变得火爆，
肩头发抖，耳朵发烧，
烫着的鸟儿落下遮羞的毛。

汗水嘀嗒，
鸟儿不见，
春花不现，
到处是肆意生长的绿草。

7月2日

平谷山石

平谷好山河，青峰涌浪波。
远观真写意，近看是奔驼。
叠嶂通途少，层峦险隘多。
京东行不足，玩赏赋新歌。

庭院

夏日炎炎至，院中行迹稀。
草莪苔藓厚，树绿核桃低。
梨挂千层果，花沾点点泥。
螽斯鸣北角，和我唱新诗。

异花

平谷夏日来，林里异花开。
色紫平心爱，星包作斗魁。

夏日山雨后

山蕴烟霞水鼓琴，青苔上树路流金。
开门远眺云遮日，捧读苏辛和鸟音。

夏日访平谷

一潭平谷水，倒映燕山青。
此入黄松峪，雕窝听鹂鸣。

7 月 1 日

颐和园即景

玉泉塔落玉泉水，照影莲花紧伴随。
鹬鸟飞临鱼跃出，湖心荡漾色成堆。

昆明湖畔

昆明湖畔椅，孤独两相依。
长望佛香阁，梵音越水微。

访颐和园

昔日皇家别苑深，今朝四海客人临。
无情岁月何须叹，化作史诗后世吟。

6 月 30 日

雁阵

透过门前的瓜棚，
追逐凌空的雁阵，
一字的横扫千军，
人字的一往无前，
一字与人字互变
奶奶说那里有孔明在阵间。

自从我的头高过那瓜棚，
在我那山清水秀的家乡，
在鹭鸟成群的越南，
在灰雁遍地的瑞典，
大雁不再给我表演，
难道是我长大了，
雁阵的故事我不再相信？

划过我的指尖，
是匆匆的数十年，

在那个湿热的傍晚，
在北戴河的海边，
天上来了一群精灵，
正飞向西天，
是追逐淡去的云霞，
还是让我写雁阵的续篇？

人字形飞过，
迅速而坚定，
是谁组织了这次阅兵，
招手，让快门响个不停，
我看到了瓜棚，
我在瓜棚下发癫，
孔明死了，后世忘了阵形，
或者，变阵已经没什么新鲜。

远去了，
没入白云间，
再次上演，
五年　十年？
还是等待指挥的神仙？

6 月 29 日

邮政信箱的倒下

倒下了，
一个接着一个，
白纸黑字的等待，
白纸黑字的浪漫，
白纸黑字的回忆，
还有那首乡愁，
都随着这一个接着一个倒下的
邮箱去了！
去了！
剩下的电子邮件，
QQ 留言，
有言与无言的微信，
快速的快感，
快速的遗忘，
快速的失忆，
都来了，
挖空了你的脚，

一个接着一个，
倒下，信箱，
生活，匆匆而过。

6 月 28 日

张锲远行一年

识公十载前，青岛小鱼山。
科学人文会，开怀坦白言。
再闻音讯报，已做漫游仙。
今日追思众，昔别整一年。

骄阳如火

骄阳染夏花，浴火话桑麻。
雨水何时至，先来大碗茶。

考试

考场学生忙，亲人等待慌。
欲知甜苦涩，还得自来尝。

夏日午间

阳光碎影洒流萤，充耳不闻青鸟声。
织句寻词描夏景，半说花事半人情。

6 月 27 日

北京的云

我不相信，
这会是北京，
这缥缈的白云，
让我感觉回到了童年，
躺在谷堆上看，
故乡的朝霞落日故乡的天。

我不相信，
这会是北京，
浓墨重彩，层次分明，
让我想罗布林卡，
想布达拉宫顶上打阿嘎的身影，
天上的云与地上的牛羊一起，
落在炫目的广阔草原。

我不相信，
这会是北京，

让我想波罗的海，
让我想伏尔加河，
让我想松花江畔的哈尔滨，
低沉的云头压向茫茫的白桦林，
驯鹿出没，地上的雪堆上了天，
雾凇让死亡活灵活现。

我不相信，
这确实是北京，
夏日的风，夏日的太阳，
夏日的心情，
清澈，明快，充实，
所有的想象与怀念。

6 月 26 日

北展

你的拱门你的廊柱，
你的广场你的内饰，
你的优雅细腻，
你的疏朗大气，
你独特的风韵，
岂是那些现代设计可比。

你融入了多少人的记忆，
青春，爱情，
激情得痛快淋漓，
你给我，给他，
一场场聚会，
电影，展览，演出，
让多少人感受到高端，大气，档次。

多少年了，
只要提到老莫，

谁能不想那高悬的水晶灯，
精美的餐具，烛光的摇曳，
牛排羊排苹果派，
咧巴与可瓦斯，
谁能止住味蕾一个个勃起，
口水如溪。

北展，站在那里，
是你，现代潮水汹涌，
你可否安然无恙？
我期待，
你不要成为哪个开发商的
一期，二期，
你在多少人心里，
有至高无上的位置。

6 月 25 日

观霞

且把八楼做我家，朝承晨露暮观霞。
近观博格峰头雪，远望昆仑气宇华。

天马

天山天马行天路，不用扬鞭去不追。
晨向瑶池三百里，午时已作片云回。

夏日访牧场

阳光绿草牧人家，风软天青遍地花。
推户门开无主在，客来请入自斟茶。

夏牧场即景

牛羊山侧走，谷底帐包开。
放牧人何在，路边招客来。

动物园

笼里主来笼外宾，人观老虎虎观人。
呱鸣鸟雀惊天小，豚突狼嚎一地尘。

退休生活

国事已无关，家中百事安。
街边台上坐，点数客循环。

6 月 24 日

回归

——写在王蒙《这边风景》维文版出版之际

伊犁河的水，
滋养了这边风景，
茂盛的庄稼，
雪林姑丽，
广阔的原野，
飘来泥土的气息，
骑上马儿，
碾子滚过天山的肤肌。

馕，拉条子，
大锅的牛肉汤汁，
酒精兑的酒，
茅台也无法相比，
还有那马奶子，
酸酸的，
眼里漾着泪，

还有黑黑的眼珠，
马车夫的歌声将夜幕揭起。

呢喃的春燕，
墙上青青的麦苗，
院里的石榴玫瑰，
来去，开放，
不因为贫穷，不因为政治，
不变的，
还有他的爱，她的痴，
生死的撕心裂肺。

你把这一切赐予我，
新疆，伊犁，
我把她吟成一首诗，
在世界的文学园中放飞，
酿蜜，成蛹，化蝶，
汉语与维语，
翅膀两支，
春回，归去，
新疆大地，
吟哦，歌声四起。

题画

马放南山侧，少年意气扬。
神州谁敢犯，有我守边疆。

菊花台

菊花台上万花开，蜂蝶争先人浪排。
王母西天林上苑，香魂如梦驻心怀。

心动天山

绿岭立孤杉，苍穹跑白岚。
潸然珠泪落，心动在天山。

思绪

昆仑日落醉霞光，握卷凭窗思绪狂。
远问奇人张博望，近怀悍将左宗棠。
伊犁河水西行急，蒙古汗王东走殇。
断送余晖星月起，身埋夜黑觅安详。

题王健先生河内西湖雨景图

不见西湖千万日，君传美景雨丝飞。
伊人穿浪踏波出，拭目恍然似梦归。

6 月 23 日

南山

南山草木丰，涧底水淙淙。
牛马林间出，苍鹰霸雪峰。

天山的鹰

远徙关山叠，俯观万里清。
人间无硕鼠，谨保一方宁。

6 月 22 日

夏日南山

花艳天山侧，谷中人涌潮。
炊烟长袅袅，奔马尽啸啸。
宴语传深壑，歌声荡碧瑶。
夕阳西照晚，不见客流消。

夏入乌鲁木齐南山

夏入天山四野清，阳光醒地百花行。
林间兽跃土豚出，鹰逐白云听马鸣。

八楼

八楼化梦已经年，仰止子民出入闲。
钢铁森林蓬勃起，歌中犹唱此山巅。

日落八楼

凝立窗前望远方，八楼日落正辉煌。
行人自若正安步，婚礼欢欣已拜堂。
闪烁霓虹眨眼问，晶莹皓月展眉忙。
回眸往昔思唐汉，西域煎熬化我疆。

6 月 21 日

从西安到乌鲁木齐

我喜欢的，肥美的你，
风吹着你的绿衣，
挥一挥手，
让我披上云裳，
远离尘世。
回眸便是周秦汉唐，
柔纱轻掩，
一片坟地，
还有肥美的你，
浴着渭水，
踏着山骊，
唱着霓裳羽衣。

谁的巧手，
在你凝脂的身上，文出
层层涟漪，
从远古走来的美丽。

你负重站得太久，
还是孕育中华太苦，
黄色的盘曲，
曲张的血脉中一股
贲张的力。

你的裙裾，
绿色渐渐淡去，
黄色变成你巨大裙摆的主题。
柔纱拉开，
纷乱的血丝，
一汪碧波只在梦里，
剩下的，盐渍，
把你涂抹成一张斑驳的白纸。

你白色的冒子，
揭去，露出你光亮的头皮，
老了吗？还是世界太热？
脚边是你的泪吗？
在四野流泗，
浇不活一株仙草，
倒是你的脸，
留下了纵横的印迹。

天空飘来朵朵的白絮，
天国的杨树还是春柳花开，
我想那可能是南方的木棉，
吹落地上，

一条条白色的隆起，
阳光是那样地温情，
将你化了，化成
涓涓水细，
流播，流播，
在你够得着的地方，
染出绿意。

我喜欢的，肥美的你，
就在博格峰下挥手致意，
白、绿、黑、红、黄，
一袭五彩的艾德莱斯，
手鼓伴着你的舞屐，
那得得得的舞步，
是引我遐想的天马，
正朝我飞驰。

6 月 20 日

西安钟楼

暮鼓晨钟业已殇，音留史册韵悠扬。
登楼远眺流金色，和乐声平胜大唐。

夜访永宁门

长安门向四方开，商旅宾朋四海来。
鼎食钟鸣诗酒色，永宁心愿几曾哀。

唐舞

雍容歌伴舞，身作柳风扶。
嗔怨眉含笑，心形尽自如。

参观昭陵

昭陵雄踞关中阔，功业世宗盖世扬。
新梦中华何所在，回观史册忆秦唐。

夜长安

金街流彩乱神思，宝马雕车香漫宜。
城郭常开歌舞炫，胡人长在展新奇。

玄奘

负箧远行十数年，讲经习法服梵天。
浮屠七级中原定，译著浩繁四海宣。
一部大唐西域记，众多小国史文篇。
时光荏苒浮华去，三藏遗恩惠世间。

6 月 19 日

咸阳

咸阳河上日，辉映百陵金。
波漾汉秦去，大唐余赋吟。

荒漠草原

漠上草芳菶，新花逐雨辉。
引吭呼麦去，引得蝶蜂随。

归绥烧卖

云中烧卖味，南北九州尝。
寻遍五湖地，归绥是故乡。

注：呼和浩特原名云中郡，归绥。

树

荒原孤影动心神，历雪熬霜多少春。
驼队远行曾记否，高翔雁逗息征人。

召河草原

云作雁群逶，羊悠万马驰。
天苍笼草碧，地阔放歌夔。

6 月 17 日

我坐在高高的窗台

我坐在高高的窗台，
看那艳艳的太阳，
藏进大青山的林里，
藏不住的万道霞光，
将层层的白云染成一片红色的海洋。

我坐在高高的窗台，
看草原的雄鹰，
在远方的草原上空飞翔，
红色的海洋浸染着马儿与牛羊，
那个多情的姑娘，
唱着悠扬的情歌，
在海洋里激起滚滚的波浪。

我坐在高高的窗台，
想着遥远的山山水水，
看你坐在窗前冥想，

那杯淡淡的情思，
散着浓浓的芳香。
飘成红红的云彩，
将我的思绪缠绕，
跳进那红红的海洋，
满世界都是天堂一般的幻象。

飞

身作大鹏鸟，草原鹰伴飞。
迎风天马立，美酒满杯璃。

枯树

曾带青枝熬雪霜，枯而不倒向天长。
荣华屈辱人间事，去似烟岚无奈装。

6 月 16 日

2011 管乐团

嘈杂咿呀一乐团，深闺磨砺已经年。
曲高和众显真貌，艺节夺魁若等闲。

音乐会

理查·施特劳斯已经走了，

150 年后他用《死与净化》震撼我的灵魂，
低落，彷徨，激昂，回荡，
你的回想，我没抓住，
我的思想经不住你的一击，
跳出了窗，在繁杂的尘世
跌宕。

查拉图斯特如是说，

尼采的心有点发狂，
你却平静得让我感受都天外水波的荡漾。

骤然而来又戛然而止，
悠然进入又平静而去，
你把握尼采，把握自己，
我把握不住，
在现实与虚幻中下着跳棋，
紧张与沉静，绝望与激动，
敲击个不停，
你回身看我，
我还数着定音鼓的节拍，
参味袅袅的回声。

6 月 15 日

Nhan ngay cha

Hom nay la ngay cha,
Mot ngay khong ai nhac trong truyen thong chung ta,
Cha la nong cot cua nha,
La kieu hanh cua ma,
La anh hung cua con?
Toan do phan dau cua cha.
Vat va,nang nhoc,ganh chiu,
Nhan hau, dung cam,
Tam nhin thien ha.
Nhin lai,con va ma,
Tinh than diu dat,
Dong luc can dam,
Vui mung mot ngay moi,
Them vao doi song chung ta,
Goi mot tieng, cha,
Chung ta, que nha.

父亲节

今天属于爸爸，
我们传统里没有它，
爸爸是梁柱一家，
是妈妈的骄傲，
是孩子的英雄吗?
全看爸爸的奋斗，
艰苦，繁重，承担，
仁德，勇敢，
胸怀天下。
看，那母子，
精神的源泉之于爸爸，
果敢的动力赋予他。
庆祝吧，我们又多了一个节日，
丰富我们的传统，
叫一声：爸，
咱们，家。

6 月 14 日

日落

夕阳南海边，大剧院堂前。
窗外水天色，心中万朵莲。

绘画课

当知吴带当风舞，更识毕加索斗牛。
速写素描皆应手，墨开浓淡亦成秋。

6 月 13 日

夜

风劲云逃去，夜阑皓月分。
梦寻心静客，蝉躁失眠人。

夏雨

秋风尚远暴风疾，落叶黄蝉共雨飞，
车行雾起山河远，静看残花茶伴诗。

风雨京城

风过江山动，雨浇见情浓。
一伞三人站，笑声雷共轰。

鸟来

独在窗前问树屏，飞来一鸟细心听。
茫茫林海何方是，向日梧桐任我鸣。

致连谏

连日作文数百篇，谏言情语舞翩跹。
斗量东海滔滔水，不及手心轻拨弦。

6 月 12 日

Bowling

I am that ball,
Who throw me to bowl,
Spark or not,
Let god to think.
If I have enough money,
I have enough chancese to win,
But my saraly is too mean,
The only thing I can do is to hold my chin.
Rolling,bowling,
Life is on spin.
Go foward, let it go,
Ball sink,me,
Yelling,laughing,sleeping.

6 月 11 日

静夜

夜半思前路，何光照我途。
灯昏杆下亮，日出遇云夫？

6 月 10 日

城市落日

日落楼丛缝，晚霞一线生。
灯明星宿暗，无鸟见人惊。

月上王府井

弦月初临王府井，华灯四射少星星。
游人闲看繁华景，诗社纵谈骚客情。

京城先雨后晴

盛夏午间诌媚仙，驱云黑日暗无天。
摧花冰落庞当鼓，雨去长光扎眼帘。

新竹

新竹一牙尖，远征荒野前。
但寻方寸地，绽显德虚贤。

夏日晚霞

云蒸万里耀帝京，车马骊骊兵在营。
逐日苍鹰西岭去，归巢黄鹤泰和鸣。

6 月 9 日

心情与脸

你是蓝天，
我知道你也曾经泪流，
你是阴郁，
我记得你曾经一碧如洗。
你以泪洗面，
我记得你承载过太阳的笑脸，
你乌云密布，
我想起你红霞满天，
你是天，你是人，
你无情，你有情，
这个世界很任性，
由你，也不由你，
我都记得，你的心情。

桃

桃花犹在眼，新果着红装。
且品仙乡货，好迎岁月长。

浇花

寂寞盘中景，老根发嫩枝。
朝晖身上暖，生活尚当期。

6 月 8 日

月季

炎炎夏日中，不见百花浓。
月季诚方好，此时尚郁葱。

正午

烈日遣人疏，京城静若墟。
风云携雨至，凉意入窗徐。

时晴又雨

昨日逐蓝天，今朝枕雨眠。
晴时宜纵酒，茶聚赏丝绵。

和刘卓尔

豪雨浇城时半日，霞光夕照入西窗。
柔姿化作琴声应，巧压雷惊韵绕梁。

原诗《和雨》

壮雨豪云驱曝日，携香玉露叩幽窗。
琴声相和与天应，一抹一勾润心梁。

祝甫兄生日快乐

甫跃天山去，辉煌到老俄。
回眸来路远，三十正当歌。

注：甫跃辉正在莫斯科出席他作品俄文版发行式。

6 月 7 日

高考

夏日炎炎至，又当高考时。
公私车静过，父母校前期。
隆重成年礼，悄然换骨仪。
一朝龙门跃，便是世间稀。

回望少年

忽然回望少年时，专注读书顾盼稀。
岁月深埋山枣顶，友情飘落义昌堤。
人行四海有同学，相遇网间少熟知。
鸿雁徘徊天地小，前途眺望眼迷离。

注：我就学的岑溪中学在山枣顶，家门前的河是义昌江。

6 月 6 日

夜

夜降大楼眼黑屏，繁星不见月儿生。
几条金线勾魂出，风入杨歌无梦惊。

湄公河畔

堤岸繁华数百年，华人开辟柬在先。
越南吞并何曾久，已把此城当祖田。

注：西贡开埠 300 余年，最早是华人在湄公河河边的集市，称大
市场，广东话叫堤岸，那里的华人主要为明末遗民，那块地方明
朝时属于古柬埔寨（水真腊），逃往这里的明军占领了这一片地
方，后归顺越南。到达那里的葡萄牙人标注堤岸的广东话发音为
saigon。即西贡的英文名。从葡萄牙语倒译这个城市名，中文就成
了西贡。

6月5日

阳光

阳光灿烂地灼烧，
坚强的神经，
应该有，
流油的绿云。

阳光不总是热的，
谁，一见它升起，
便打起了寒战。
温柔都在幼小时，
不，还有老去，
一个是无知，
一个是将死。

遮挡它的，
它从江河湖海征的兵，
埋葬它的，
是对它的背转。

阳光无形，
可以剪裁，
美与丑，
在心。

6 月 4 日

和长安王锋自寿诗

君居沣镐镇咸阳，秦岭南屏四围苍。
卅九年华韩干马，青葱岁月懿孙霜。
华商报馆剑堂外，庄子北冥南海旁。
碗里江河帆影动，砚中淡墨点蓝黄。

注：韩干是唐画家，善画马。懿孙就是写《枫桥夜泊》的张继。王先生奉事华商报，书斋名看剑堂。诗书画均在行，对传统文化中老庄有研究。喜欢汤丸子，我曾戏为诗曰:高汤一碗看沉浮，半是浑来半味纯。青涩已随刀斧去，团团干湿一世人。

读今天纽约时报有感

那年那月那时分，奔走逃亡那号人。
梦断黄粱华夏幸，富强民主望成真。

6 月 2 日

街景

街头空地少，花径醉芬芳。
老少闲谈乐，青春赶路忙。

佛像展

佛界由人定，观音各有形。
释迦无胖瘦，度母慧根清。

海上丝绸之路

丝连南北客，茶醉万方人。
瓷载东西道，悠悠浩荡恩。

积水潭

水岸舟横听马啸，阁中歌女望虹桥。
柳荫犹在船帆绝，震耳车声上九霄。

端午节

荆楚岁时艰，诗人屈子贤。
涛浪汨罗冷，热血一腔寒。

6 月 1 日

城市风雨

一番风雨后，哀怨止又生。
旱象随之解，涝行树倒平。

六一快乐

玩乐本天性，儿童到老龄。
无须装样子，放手快活行。

5 月 31 日

晨行

晨光塑我形，灿烂若重樱。
初夏新荷韵，涵香浴露宁。

泉城

泉城清冽水，照影少年颜。
摇曳天姿色，韵荷气柳闲。

5 月 30 日

微笑

双唇且半开，笑意自心来。
牙白不时有，有时应畅怀。

人民日报

一笔扶贫款从市到县被侵吞 40%，从县到乡又被克扣
40%；一张小农机具秧盘国家补贴 2 毛 5 分，农技站
就克扣 1 毛 8 分，站长还要贪 3 分；一个售价数百元
的骨灰盒，民政干部也要拿 15 元回扣……据报道，
从扶贫办，到农机局、民政局，近年来，在一些地方
腐败现象正向一些人心中的"清水衙门"蔓延，有些
部门甚至成了腐败"重灾区"。看似"边角碎料"，但
积少成多，腐败行为的危害不可小视。这正是：

清水衙门水不清，贪污腐化暗中行。
织密制度倡公德，社会民心始得宁。

网

一网岁时闲，静观尘世艰。
往来都是客，独我住连年。

5 月 29 日

雕窝一日

偷得浮生半日闲，雕窝村里做神仙。
核桃树下赛劳作，谈道人生山水边。

彩云织梦

我踩着七彩的云梯，
向天宫要来云彩数匹，
裁成长裙送给你，
陪你在阳光照耀的海边，
让海风将你的裙裾吹起，
在绿草如茵的草原，
让马将你变得飞天一样飘逸。

我踩着七彩的云梯，
向天宫要来云锦数匹，

将我们的蜗居装饰，
垂挂的帘子，
布面的桌椅，
还要做成被子，
柔软、蓬松、细腻。

我踩着七彩的云梯，
向天宫借来星星数只，
挂在我们的院子，
世界不再有黑暗与寒冷，
让天下的生灵都来欢聚，
太阳就放在屋里，
那将会是怎样的明亮与温暖，
不再需要那多余的禅衣。

我携着你，
踩着七彩的云梯，
向着梦想，
飞去。

5 月 28 日

槐树

槐树如云遍北京，浓荫蔽日报风生。
清凉不解夏烦闷，心盼绿中慢饮茗。

酷暑

广播说天开始热了，
我的车说真热。

环路边停下乘凉的车，
锅烧开了，等等再喝。

坐听记者说，
公交不开空调还行，
初夏的风凉爽环保，
我的车说外面只有 42 度，

鸡蛋还煮不熟。

太阳悄悄，
专注将今年的预算往地球投，
不想花不完明年被抽走，
我的车静静地挺着，
有多少照收。

我在车里，
当开蒸的馒头。

丁香

丁香花正茂，十里醉馨香。
人道当春日，不应立夏芳。

注：丁香品种很多，这是一种

5 月 27 日

北京大风天

青绿满帘明媚光，无声暗潜入胸膛。
开门欲赏祥和景，风劲吹沙令我狂。

自行车

早已经习惯，
用车轮丈量城市，
四轮，六轮，数十轮，
啊，我早已把你排除，
我两轮的宝贝，
这个城市太大，
你不是我的快马，
骑你我还得一身风沙。

一个个两轮的家伙，
嗖嗖地从我身边掠过，

回眼俾倪我做虫爬，
宝贝，还得你出马。

宝贝，你是我的快马，
给我凉风给我摩沙，
给我畅快给我汗洒，
我俾倪那个去健身房的谁，
我俾倪太阳雨雪风沙，
这是自由的赏罚。

四轮，六轮，数十轮，
我选我的两轮，
我的千里马，
丈量我的城市我的生命，
宝贝，自行车。

5 月 26 日

温情

坐在膝盖上的日子，
掐着你的嘴，
揭你故意紧闭的眼皮，
你的笑声让你的嘴轻启。

坐在膝盖上的日子，
揽着你突突起伏的肚皮，
让你的手探索我脸上的奥秘，
揪落我渐少的青丝，
你格格的笑声痛快淋漓。

坐在膝盖上的日子，
是相悦的形式，
探索心跳的神秘，
微笑，紧张，生气。

坐在膝盖上的日子，

远去了，回来了，
远去……

京城

京城驭马飞，难得畅淋漓。
磐石立夹道，峰林隐日晖。

放学

身负夕阳轻，脸含微笑宁。
校园升日落，花季少年行。

5 月 25 日

火棘

初夏白花香，招蜂引蝶忙。
一身红礼服，经雪又熬霜。

历下亭

大明湖上岛，曾住帝乾隆。
历下亭中戏，雨荷仲夏葱。

注：戏说乾隆也。

早行院中

独行荒径早，满目色青怜。
扑面花香溢，动情珠露沾。

从凉山到河内

交趾称雄有凉山，支陵拱卫路千盘。
红河化作鸿沟阔，成败合分问自残。

注：凉，在这念去声。支陵隘，又称鬼门关，是凉山山区到平原
间的一个险隘。越南分分合合，内战外战都很多，失败多由内部
分裂。

济南印象

一河绿水绕泉城，垂柳荡波初夏宁。
寻觅老残游记景，千年不变一湖清。

5 月 24 日

田畴

远离农事久，盘曲在京城。
一见田畴绿，神思草木荣。

趵突泉

今日光临趵突泉，花繁柳绿客来欢。
失神环顾旧时影，鱼儿不语眼中酸。

马识途百岁

百岁烽烟尽，得留精气神。
铸成诗赋劲，落墨酒浓醇。

5 月 23 日

济南超然楼上

一湖山色映超然，极目长天念易安。
俯瞰游船穿绿柳，仰思刘鹗醉城南。

在济南看 《归来》

高粱地里的张艺谋已经远去，
乘着三枪拍案的《归来》，
没有意义！

可怜的剧本，
蒸煮不透的老玉米，
撕裂了嗓子唱不成戏。

本是恒星，
该膨胀成红巨星的，

却早早地成了再放不出光的白矮星。

我浅浅的眼泪，
却看不到晶莹，
我绷紧的心弦，
在等待中成了松松的线。

剧场的灯还没亮，
我内心一片安宁。

济南之晨

人悬百米空，远望万山重。
千佛入城早，开元薄雾中。

5 月 22 日

游大明湖

热风三十度，彻骨水寒冰。
不见荷花长，柳丝伴我行。

致海大刘建政老师

九年文学院，兄弟感情坚。
水产清流至，精神亦焕然。

注：刘老师在文学院工作九年，现转水产学院工作。

香港

人稠楼密水连山，货物钱财堆满盘。
柔弱文风吹浪易，艰辛股海舞涛难。

五湖学子来修业，四海游人问大仙。
心有愁思何处解，梵天极乐去修禅。

注：香港黄大仙香火极盛。

第二届两岸华文文学讲座

港澳少阴霾，文人遍地来。
借由文学意，各展腹中才。

大屿山下

大屿山屏障，细雨洒天坛。
佛祖和风赐，机窝世外安。

注：大屿山上有天坛大佛，山下是香港新机场。

机场

人若牛羊圈入栏，进门容易出门难。
想飞先得笼中训，驾雾腾云来去殚。

5 月 21 日

高速公路

游龙落九州，山海纵横游。
奇景随心至，远行人更愁。

船行大海

沧海一船任纵横，激波涌浪气昂生。
云端纵目不经看，水碧苍冥虫耍萌。

握手

辉荣凝一手，紧握感寒生。
仰视先贤智，府观怕守成。

5 月 20 日

风

哪来的，
一口气吹翻了，
乱发飞扬得就像脾气。
这边来，
过去就平复了，
竖着的一定是，
糊了泥做的硬壳。
去了，
追随的云洒下，
洒脱的造型与狼狈，
看着远方的一柱阳光。

梦来了

梦来了，
所有的快乐与失望，

都塞到梦底。

阳光即将升起，
眼前一片明媚，
失望与快乐都从海中升腾而起，
有点温暖，有点热气。

梦来了，
还有什么好生气，
梦与明天不搭界，
收藏了消化了，
调匀的气息。

5 月 19 日

无题

一派云天景，更期风静明。
夜来雷电闪，化作雨淋声。

牵牛花

已是满园青，结缘绿树屏。
不争春色早，独放韵娉婷。

文竹

身无单竹样，却有竹之名。
弱不经风貌，最怜碧玉青。

落红

花枯落草丛，雅净不言中。
点点阳春末，常称是落红。

无题

杯里明招寺，莲台佛祖吟。
菩提茶水漾，袅袅听梵音。

5 月 18 日

到香江

佛祖天坛远望惊，神猴徒子破云行。
劈头一阵滂沱雨，下到沙田始欲停。
淅沥水蒸烟雾起，粲然灯耀户窗宁。
有情江汇八方涝，无欲心怀五味菁。

初夏

征途任洒晨光碎，零落春花摇曳风。
不见鸟儿深睡醒，披衣负篓向城东。

我是沙漏

空空的是我，

每分每秒在生长，
一点一滴，塑造着我的模样，
没有人告诉我，
什么时候倒向另一边，
直到骨肉灵魂飞散。

满满的是我，
每分每秒地飞散，
另一头，
一个新的我诞生，
那个新的，
是我吗？

空不由我，满也不由我，
总有一种力量，
让我在这个世界轮转。

5 月 17 日

紫蔷薇

惊见园中花色异，雍容富贵挂长枝。
萦回心底牡丹美，不想蔷薇灿若斯。

杂感

杂感洒落在键盘上，
键人与鼠辈便得意起来，
触生万千的雷。

所有的炸弹都扔出去了，
静静地等着一声巨响，
风传来一阵清朗。

搅动楼道的师傅走了，
人们期待的是安静，

撕裂神经的电锯响起。

月亮升起来了，
太阳还扭着屁股不愿落下，
真落下了，
月亮能照亮吗？

大街都平静了，
孤寂充满了每个路口，
神游的是不甘死去的希望。

轮子转动得热了，
汗便从思想里冒出来了，
擦还是不擦，
一会就风干了。

5 月 16 日

魔方

日思夜想梦中牵，二十七方活络连。
巧手轻盈调六合，神机妙算解浑元。

初夏岑溪

岑城暮色美如画，江上渔歌醉落霞。
群鸟归林喧竹海，荔枝如火绕人家。

注：岑溪是我的故乡，义昌江从我家门前流过，江边有茂密的竹林，房前屋后是荔枝林。

初夏

香淡蔷薇少色新，鸣蝉初夏乱心神。

裾裙五彩飘然过，不屑路边赏景人。

日暮

京城日暮彩云生，国展静安周末宁。
形影昔时无处觅，一人单骑踽然行。

5 月 15 日

路边

谁家花绕宅，出入蝶蜂排。
需得好心态，春秋换不哀。

花事

花儿的事，
全在风。

我的事，
一个花儿控。
追逐萌芽的梦，
剪取一个个心动，
打扮出古意，时尚，
炫耀在虚拟的时空。

期待一片明净的背景，
期待一缕光明射进黑洞，
侧影，背影，剪影，
或会更加生动，
浓了的化淡，淡雅的变浓，
遮掩不是偷窥，
只为心中的朦胧，
残缺不是没有悲悯，
只是审美的冲动，
最爱拨动你心弦的，
蜂鸟，清风，飞虫，
孤独的颜色会让人发疯。

风暖了，热了，冷了，
岁月偷去了娇媚与香浓，
还在，追逐，
在眼里，心里，记忆中。

5 月 13 日

音乐会

土洋结合难如意，纵有名师亦奈何。
亲友掌声回荡久，半当鼓励半评说。

校园之晨

阳光斜照暖，门起学生还。
囊负万钧重，父兄殷切观。

5 月 12 日

大海

站在岸上做梦，
海流淌的全是诗，
你到诗海里游过吗？

海岸远离你的视野，
天就是海，海就是天，
海天间飞行的鸟儿，
还有鸟儿一样的飞机，
期待的是一朵云，
将海天划出各自的疆域。

蓝天融入蓝天，
海浪跟海浪斗气，
人，还有人眼里庞大的铁鸟，
不过沧海一粟，
漩涡与洋流，深谷与浪峰，
你不是鱼，

出入便是生死。

思念的是岸吧，
岸上的梦与雄心壮志，
在遥远的海都不堪一击。

看吧，那座冰山，
哪怕只露出水面一尺，
却可以给你定海神针般的期许。

冲浪，顶多算游戏，
需要一叶扁舟，
到远方的海，
领略海的瑰丽，神奇与神气。

如果没有少年阿虎的勇气，
不如跟着儒勒·凡尔纳去游历，
没有危险，只有好奇。

我们的诗，
便仍然只有站在岸上的你我，
对大海的相思。

5 月 11 日

雨中

雨落从容花自开，何曾在意会谁来。
芬芳付与水流去，地下虫蚤不必哀。

母亲节

洋节舶来敬母亲，鲜花礼物献殷勤。
无私大爱理当念，天下共鸣同此心。

西安地铁并和王锋兄

地铁飞驰震大秦，始皇惊问汗津津。
飞来禀报宽心意，直道穿城尽匠人。

沙画

借得一方空路面，洒沙为画绘童心。
云蒸日晒千古地，阔步恐龙思雨淋。

京城喜雨

地裂苗干旱像生，冬春无雪润京城。
晨光奏响嘀嗒雨，野碧山青笑意盈。

忆汶川地震

几人曾记数年前，亿万生灵火上煎。
遍野花开心痛地，新城鼎沸世翻篇。

5 月 10 日

枇杷烤鸭

此处烤鸭上舌尖，相传口耳已多年。
两三里外闻声沸，排队数时为品鲜。

巴里坤印象

哈萨克的雄鹰，
飞翔在天山的北面，
蒲类海是你的酒杯吧，
还是你的弯刀，
且唱一曲历史的悲歌。

美丽不是错误，
富饶不是罪过，
历史一次次地将你折磨。
辉煌与破落，

遗忘不曾有过。

汉唐已经远去，
清代也早已经圆寂，
知道的与不知道的，
都从这里走过，
将这里的底色涂抹。

你的马呢，
站在雪山之巅，
傲视原野肥沃，
不尽延伸的密林，
带着墓碑与不带墓碑的坟茔，
啊，还有一堆堆的粪肥，
历史留给这里的营养和药锅。

尘烟依旧，
生生不息的风，
流淌的血液不淡也不浓，
传承的衣钵，
晒着阳光映着夜空。

5 月 9 日

大数据时代

数是茫茫海，回头岸却无。
飘零原已定，且学水中凫。

我与春天

我不在，
春天会来吗？

她知道我在等待，
知道我已经摆好照相机，
知道我已经铺好稿纸，
知道我已经打开网络，
知道我已经登录 QQ 飞信微信博客，
她的魅影会在所有的空间传播，
她的音容会充满世界每个角落，

因为有我。

我不在，
春天会来，
她已经与这个世界约会几千万回，
甚至可以到石头里找她绽放的容颜，
原来我是春天的不速之客，
我的热情其实对春天可有可无，
连那蜜蜂蝴蝶都不如，
因为我是人族。

我在，春天复苏，
我不在，春天复苏，
春天于我是春天，
我于春天却是无。

5 月 7 日

我是什么

我是鱼，
多么奇怪，
人到水里怎么会淹死。

我是虾，
那鲸鱼从北极到南极，
怎么不累死？

我是青蛙，
岸上多么神奇，
有风有雨有虫吃，
为什么鱼儿来了会死？

我是苍鹰，
上天落地，
多么逍遥多么神气，
地上的人好可怜，

竟然不会飞。

我是人，
在天空下沐浴春光是多么舒适，
鱼在水里为什么不被泡烂还活得乐滋滋？
苍鹰怎么可以冲下山崖而不死？

我是地球，
太阳你好小，
我是太阳，
人都说地球神奇，
你怎么小得像一颗沙粒。

我是我自己，
所有的这一切，
不过我胸中知识一滴。

5月6日

追寻时间的脚步

我以为时间就是墙上闹钟的嘀嗒声,
我用呼吸,用脚步计量它的行程,
那是一个无法捉摸的梦。

我以为时间匆匆,
想着快走,奔跑,
骑上车,坐上飞机,
让我的轨迹与它相同,
它悠然而过,让我一步踩空。

我终于发现,
我不过挂在时间线上的爬虫,
我走也罢,飞也好,
都改变不了我的时空,
随它去吧,
安于心,岿然不动。

河水流淌，脉动的山风，
还有那个嘀嗒的闹钟，
都是时间线上的爬虫，
各有各的时空，
何必让自己的心被它们牵动。
时间匆匆，我且从容。

狂想

今日含苞生五彩，一朝开放鬼神惊。
聊斋千面狐妖丑，落雁沉鱼貌亦平。

小孩

大人三五步，我作小长途。
踉跄朝前走，口中忙唤呼。

无题

丽日蓝天风雨后，百花残处一支辉。
落红莫妒新娇艳，一代饱来一代饥。

昨夜雷雨

昨夜一场凄风雨，京城遍地着黄衣。
朦胧双眼问花去，天送彩妆无奈依。

5月5日

我踏着对历史的崇敬来

我踏着对历史的崇敬来，
历史在天路上没有留下一点痕迹，
与我逆行的北归大雁也许记得，
祖先看到的烽烟。

历史都在大地上，
看那雪水流布的根须长长短短，
看那千里黄沙万里戈壁上的轮辙深深浅浅，
看那绿洲上的房舍星星点点，
只是没有了，
没有了四起的烽烟直冲云天。

地上的历史多半已经被肆虐的风扫平，
人们需要忘记，
忘记那恩怨情仇，
只需记住那世世代代的黄土始终多情，
老树新枝一片葱茏，

盛开的花儿报着对远方来客的欢迎。

英雄不在酒里，
酒里的壮士已经长眠在城边，
墓碑上铭记着对这片山河的爱恋。
活着的英雄在歌里，
十二木卡姆可以从天亮唱到天再亮，
从天阴唱到天晴。

唱响的歌冲向云天，
跳起的舞舞到天边，
快乐是永恒的主题，
不要问那快乐值几钱，
有快乐的生活轮子就会永转不停。

呼啸的风，
将一切历史都埋进土里做了肥料，
将一切历史的印痕犁平，
智慧在土壤中发酵，
生活的种子在历史的风雨中发芽，
明天就又是一片浓荫，
丽日蓝天。

回望着对历史的崇敬，
沐着阳光的热情，
眼中和心底都一片安宁，
到了吗？历史的车轮滚滚，
就如往昔，
碾过一切的沟壑，

跨越雪峰山岭，
向前，向前，
向着天山南北，
向着昆仑内外，
向着远方的北京。

五月京城

西风疾处夏来晚，五月晴天冷若霜。
反照回光冬去远，立期菡萏满池塘。

五四青年节

灿烂晨光花满路，芬芳扑面伴征途。
青春挥洒洒沉醉，敢向刀山入炼炉。

青年节纪念

青春驰疾马难追，已作尘烟去不回。
放眼前程娇媚好，由缰细赏纵歌来。

5 月 4 日

青春脚垫

曾经急急忙忙地，
把青春踩在脚下，
去够成熟的果子。

成熟的果子捧在手上，
皱纹出现在曾经丰满的外皮，
涂满了保鲜剂，
阻止不了从里到外的斑点与腐化。

种子掉落在我用肌体浸泡的土地，
青春在熏臭中萌动，
又一次急急忙忙的起步，冲刺。

岁月的背影

悄然间，
我迎接的岁月，
只给我留下背影。
悄然间，
我迎接的生命，
早已经与我同行。
悄然间，
我的背影将消失在阳光里，
而不是黑夜的背景。

5月3日

瑶瑶的奖杯

一曲彩云追月去，肖邦小狗舞芳菲。
数年刻苦恩师导，终捧奖杯快乐归。

贺王蒙文学艺术馆开馆

丹鹤向南翔，红霞映大江。
醉翁声已远，李白韵犹长。
教父横行到，文青举目张。
千年心不老，祖国运恒昌。

注：芙蓉溪，安昌河汇于绵阳，称涪江。醉翁欧阳修曾居绵阳。2014
年5月1日到2日王蒙文学艺术馆举行的王蒙文艺思想研讨会上，温
奉桥称王蒙为文坛教父，横行文坛60余年。杨流昌称王蒙为青年作
者张目。图为该馆举办的《青春万岁》中国美术馆藏品展。

5 月 1 日

聚绵阳

绵阳日落迟，亲友聚熙熙。
把酒同声祝，文心灿若曦。

在路上

顺着雨丝爬上了云，
踏着天山的祥云，
走过了沙漠种下的森林，
绿叶都掉光了只剩下千年不变的白骨，
祥云打了一个寒战，
喷嚏洒落在地上，
差点滑倒，
是落霞做了船托着了，
拔了白骨当了桨划向东海，
燕山早放干了水，

风将云打散，
船搁浅在霾凝成的流沙滩，
吞没了所有的希望，
把心片成风帆，
等待一阵风，还有
传说的洪水，
继续梦中的远航。

4 月 29 日

反帝开闭站

昔日口头禅，今天找到难。
原来藏此处，反帝有开关。

花样人生

年逾四旬天正午，激情万丈望前途。
高潮当在数年里，不做英雄便虫奴。

初夏入古城

清风轻拂面，杨树荡涛声。
心绪逐风起，耳畔乐环萦。

4 月 28 日

学子

铁锁学童身，削成产品人。
偷窥门缝里，却见自由莘。

读陈彦 《西京故事》

洪水奔腾到海边，忽然气势落峰巅。
挣扎交汇平常事，沉淀泥沙混碱盐。

梦想

升起在天空的五彩泡泡，
将我从童蒙青涩拉扯成皱纹一脸，
那是笑在脸上烙下的深痕。

天空中五彩的泡泡，
一个幻灭，另一个在没有的地方升起，
我就追随着这幻灭与升起的脚跟，
做一个人。
天空中幻灭的泡泡啊，
你是星球一样的幻象，
飞舞，交织，碰撞，
幻灭前，你可都是现实，
还有现实的影像。

天空中现实的影像，
是我追寻的梦想，
你不断变幻，
我淋着你破灭洒下的烟雨，
飞翔。

4 月 27 日

公园

见愚公先生的怀旧物有感。

十八不知园苑好，山河载我度春秋。
城中挤出游玩处，一片荷塘几树楼。

念想水磨沟

水磨离休已数年，春风几度化冰坚。
细流文脉绵绵续，白鹭蒹�望鹤闲。

月季

花后牡丹春恨短，光鲜芍药少情柔。
香熏四季玫瑰色，多彩缘牵解梦愁。

4 月 26 日

高树堆雪

门前高树成堆雪，千尺冰崖万丈渊。
逐日雄鹰天际越，雄风翼起卷飞鸢。

飞虫与汽车

虫儿不见飞，只看半窗泥。
骨肉成飘雨，荡风魂魄稀。

北京钢琴节

叮当琴韵起，杨絮乐中飞。
北去红头雁，闲听整羽衣。

汉水印象

牵着一朵云，
飘过汉江的梦，
远了近了的星光，
揉着车辆掀起的尘，
飘忽在墨色的群山怀抱。

我牵着那朵云，
竟让汉水退隐三尺，
我笑话那河滩，
只一时没有水的抚慰，
便变得如此黑暗如此丑陋。

我跑起旱船，云还在，本就是水，
滋润了纷飞的河滩记忆，
扯动奔向沧海的风帆，
碎片一样落在，故事的梗概里，
泡上一杯富硒茶，袅袅升起，
夜色神秘，夜莺展喉。

4 月 25 日

京城的雨

天上的孩子们，
你们在玩泥浆大战吗？
溅了我一身，
看，白衬衣成了黄衫，
皇上没给我黄马褂，
我也无意去泰国参加黄衫军。

那座汉水上的大桥，
谁的船溅起了水花，
将桥上的滚滚尘土拌成点点星光，
洒了我一身，你一身，
做梦去吧，
周围都是迷死人的风光。

我躺在梦里，
听着雨给大地，给汽车
印上黄花，

路边开放小菊花呀，孩子在唱，
全不知那是天上孩子捣乱，
欢乐了，无须心酸。

问名

敢问此花名，何方翠美英。
远观云雾起，近看玉唇盈。

4 月 24 日

这雪便飘了

这雪便飘了，
在这春末夏初，
在这碧草绿树，
不曾让鲜花冻结，
不是随风流逝的杏花，
不是洁白但寡淡的梨花，
是了，你是北京的国槐。

这雪便飘了，
是淡淡的香魂，
是浓浓的情愁，
我用衣袖擦净了那把双人椅，
你来吗？静静地坐坐，
什么也不用说，
看日出日落感时浓时淡的光影婆娑，
或者仅仅是，
一起让这飘洒的雪花淹没。

这雪便飘了，
在这四月灿烂的阳光里，
枕一卷书，做一地梦，
任由奔腾的思绪烤成木乃伊，
岁月的流水尽管流去，
我把你收进不会腐败的记忆。

4 月 23 日

读书不打烊

读书不打烊，翰墨四时香。
行坐手携卷，何须卧店庄。

我想你了

我想你了，
不是基辅餐厅，
不是莫斯科展览馆，
是秋林，哈尔滨，
不是味窜三秋不绝的蒜肠，
不是地雷一样的猪肚，
不是锅盔一样的列巴，
是秋林，格瓦斯。
细腻如闺阁美女，
粗犷如酒中汉子，

馨香如秋日桂花，
灿烂如雾凇树挂，
清纯如春柳婀娜，
我想你了，
秋林，哈尔滨，
秋林，格瓦斯。

冰雪梨花

柔情春日尽，魂断雪冰花。
鸟兽秋来苦，无实可济牙。

闻乌鲁木齐大雪

迪化春苗夜折枝，朝阳轻抚叹悲凄。
晚风轻送雪花结，新叶满城变绿璃。

4 月 22 日

无题

背景黑何忧，有光当莫愁。
斜行边入射，灿烂逐风流。

蔷薇

红云接地映蓝天，遍染城头郡府前。
不是牡丹花富贵，经春过夏热情燃。

夏初

晨光穿巷过，人梦尚尤深。
寂寞清凉影，蝉声亦未闻。

花开

黄花一夜开，快意满心怀。
料峭残寒去，阳光透户来。

暮春京城早晨

晨光初照早餐炉，包子香飘油饼酥。
一碗豆浆身已暖，半个火烧心意如。

4 月 21 日

新闻纪录片厂

昔日新闻今已老，库中埋没净英豪。
奈何数码强如虎，故事重修展赑屃。

偶感

街边今日走，遥见景离休。
三五同龄老，纸牌闲去愁。

金银木

金心银朵韵清纯，一片妖娆续暮春。
遥望寒冬秋叶尽，红星闪闪喜迎新。

4 月 20 日

车堵塞了灵魂

哪天，车堵塞了灵魂，
世界便没了轮回，
上帝有好办法吗？
或者因为忏悔如车，
噎着了天堂的喉咙，
西医来了，开刀，
中医来了，通窍，
神医来了，倒吊，
一个光腚小孩跳着进来，
放了一把火，
竟比什么都有效。

艺术与垃圾

有一群人，

企图给材料嵌入，
古怪思想的遗传密码，
打印在人们的视线里，
镌刻上艺术两字，
另一拨人扛着枪，
与他们玩起真人 cs，
留下满地快乐的垃圾，
多少年后，
在废墟里找到几片残存，
磕起长头，唱起赞美诗，
忘记了谁玩的游戏，
是艺术还是垃圾，
只道这是那个时代的真迹。

4 月 19 日

小景

光和万艳生，春到草花萌。
近剪芳华去，远怀新梦横。

绵艺校园即景

云蒸万里晴，快乐感时生。
漫步绵山水，静听云雀鸣。

绵阳之晨

鸟儿声脆夺窗入，晓醒绵阳绿树怀。
远眺晨曦残月在，凉风乱我梦情来。

伊犁春色

杏花怒放满山川，撩动心中万股泉。
纵马奔驰伊丽岭，春风掠尽始回还。

4 月 18 日

飞翔

一叶扁舟云海中，高低起伏逐长虹。
星河盘落蟾宫出，浩荡人声天地同。

航站楼

谁建造了这个笼子，
将想飞的人都装了进去，
排着队，从里到外地检查，
喂，那个探测器，
能测出那只铁鸟高飞时，
会不会有谁想从鸟肚里跳离？

哈密瓜

只知哈密有瓜甜，不晓物生伊吾天。
西域回王行贡礼，清皇赐号不多年。

注：哈密瓜主产地是伊吾，曾是哈密回王供清朝朝廷的贡礼，皇帝问此瓜何名，无人知，只知来自哈密，随称哈密瓜。另，最早哈密指伊吾。

无题

才华点点缀胸膛，似玉如珠闪慧光。
深入揣摩其味出，可诗当赋数千行。

春宵

清流淡景少人烟，衾暖春寒正好眠。
且去春山寻梦去，君影婆娑走又停。

4 月 17 日

武汉东湖残荷

秋荷形影在，春赐叶新生。
只待蝉声起，香飘武汉城。

注：照片是三联李昕先生拍的。

春雨

昨日洗车擦马鞍，女儿看后出惊言。
明天定会来豪雨，此事常临已不鲜。

花粉流水

一场春雨后，打得百花蔫。
遍地横流水，悄然粉浪掀。

4 月 16 日

柳雪

门前堆雪柳枝青，春水兴澜荡白萍。
一袭红衣伸手捧，微风飘发倩流馨。

感春

青春化作落红飞，昔日同行渐已稀。
环顾身旁余一伴，和光绿叶紧相依。

蜂与花

金蜂入蕊黄，细品慢吟商。
心动瓣摇曳，香飘满目芳。

跑道

星星铺就的路，
笔直，辉煌，短促，
追逐去吧，
要么起飞，
冲向广阔的蓝天，
从此失去地面，
要么退缩，
感叹星途无奈，
要么飞不起，停不下，
魂儿追星而去，
成了落魄的鬼。

4 月 15 日

人行天地

青天听我诉，混沌伴君行。
下界山枯死，何时到九冥。

沙漠画

谁家巨笔绘天山，冬树净枝镶玉盘。
幸得居高云气爽，精雕神画露真颜。

爬山虎

一片干藤送我行，归来喜迎半墙青。
心中尤记秋风恶，吹落鲜红满壁情。

别哈密

南北天山一日行，丰饶哈密满诗情。
左公柳壮人豪气，宣泽门高史著名。
似龙骏马奔天路，如雪绵羊覆草英。
美酒葡萄兴奋色，慷慨长歌送别声。

4 月 14 日

月亮

刚用巴里坤的雪洗白的月亮，
带来贴在北京的天上，
发了黄，
是吐哈还是克拉玛依还是哪个气田太脏，
火苗不蓝，
熏黑了新北京的不锈钢，
算了吧，还是砍了故宫的老树，
耐燃，还带着肉麻的香，
不行，那正火的国学堂就没了福荫，
光着怎么抛向前廊，
要么涂上祖传的松墨，
隐没了身躯，或者，
干脆将月亮，还有
明天的太阳都刷了，
节能环保还不露悭，
要赏月还回那天山，
有坑口的能源，

有雪水温泉，
只是别再带回来了，
带回这文明的驿站，
省得她蒙羞，发黄。

梦醒八楼

推窗细雨醒残梦，疑做江南意趣浓。
含泪杏花低首默，欢歌鸟雀早茶中。
烟岚袅袅山明灭，翠色隐约春欲蒙。
深吸漫呼神气爽，但思长驻不回东。

4 月 13 日

夜宿八楼

昆仑人不识，却问八楼名。
星宿进和出，刀郎满曲情。

致晓新

黄昏观落日，晓看太阳升。
新旧有缘聚，世间存友朋。

晨醒巴里坤

雪山含笑树含情，巴里坤晨万物宁。
如剑霞光辉古月，丝绸路远这方平。

老城墙

不就土做的么？
是砖的也早已不时髦，
最多不过是块绊脚石。
你能挡住什么？
保护什么？
东南西北的风？
还是凌空的飞虫？
把你的三字经藏起来？
还是一点老去的认同？
可人的心早已经比那雪山还高，
脚早就已经行走如梦，
算了吧，就当它是个记忆，
那个儿时的尿介子，
长大的孩子们谁还在乎它的存在，
只有老了，老了才会在意老祖宗，
害怕一切会成为空，
都做了土，随了风。

4 月 12 日

天山下的骆驼

坚守在贫瘠里，
那点上天的恩赐，
只济了沙石的缝隙，
我知道你不会，
你不会与我翻樊篱，
你不会与我拥抱冰冷的圣祭，
你不会陪伴我在梦幻中奔驰。

抛弃了这尘烟与骆驼刺，
那不是我，
我就来自这里的那片泥，
我就是这片土地，
我奔驰在自己的梦幻里，
你的，不是我的安琪。

坚守着那个自己，
只在自己的心园里放飞，

本就没有樊篱，
高了可以俯瞰天池，
低了就自抚润泽的心地。

天山行

车到天山船入海，左冲右突浪中行。
阳光明灭鱼虾出，夺魄龙飞撞巨鲸。

过天山

马踏天山日月开，千年西域我今来。
冰悬万丈化流水，戈壁黄沙草木瑰。

4 月 11 日

观哈密

一轮清月照哈密，老廓新城听颂词。
自古忠心长爱国，如今开拓勇扛旗。

镜头进灰

美景当前方始觉，明眸昔日已蒙灰。
假如长哭可明目，泪洒倾盆洗眼来。

月挂红山

红山月挂日西斜，路涌车流人返家。
今夜银华如梦洒，临窗谁与饮清茶。

瑶池

瑶池波荡彩云间，袅袅烟腾冰雪前。
沐浴夏秋冬照镜，元君一日一凡年。

天池秀水

天池秀水潺潺落，王母香飘四野闻。
列队青林铺锦绣，神仙归去引凡人。

早安，天山

金光万道照千峰，现代风吹四海汹。
南北东西成一景，天山风骨已冰封。

4 月 10 日

天池

瑶池明镜亮如铠，不见梳妆王母来。
游客塞途仙境闹，野花乞自雪边开。

夜

众亲皆已息，我自听风吟。
王姆瑶池出，涛声滚入林。

意象

曙光初露照天青，寂寞寒春四野宁。
积雪边关烟袅袅，荒林如剑守生灵。

4 月 9 日

夜宿林间

一路穿城过，巴扎向两边。
林中寻宿处，伴鸟做神仙。

感觉

仰望西山雪，交辉日月长。
荷塘犹未绿，倒映一天堂。

答贵州友人

君问我逍遥，天山望九霄。
夜郎陈酿好，李白饮诗抄。

4 月·8 日

连翘

不是蜡梅敢耐霜，虽非国色亦端庄。
春风初度九州界，便向人间洒玉黄。

春旺

春旺如潮遍地流，赏春心态渐由休。
可怜芍药牡丹色，不若迎春引客稠。

王气干云

王气吐新绿，干云无阻拦。
残冬熏黑树，春至又昂然。

盛放

数日含苞访客稠，今朝盛放树前幽。
乌鸦几只无声立，静看纷飞花自愁。

落花堆雪

落花堆雪厚，碧草露纤毫。
春色望风去，生灵入浪潮。

4 月 7 日

雪

亲爱的雪，
预约的冬季你没有来，
期盼的春天，
不见你的踪迹，
早已经忘记有多少日子没见到你的俏颜，
我只知道龟裂早已像嘴一样张大在我的心田。

在这阳光烤炙的正午，
一团一团随风飘荡，
漫天闪着银光的，
我知道不是你，
我愿意，期盼，
梦想这就是你我充满喜悦地伸出手把你轻轻托起，
想象着我就在凝视着你，
与你诉说我的思念我的渴望，
我柔柔地把你贴向我滚烫的脸，
我的温暖无法融化你，

感受不到你总能给我的温馨凉意，
我才突然回过魂来，
我捧的不过是飘飞的柳絮，
眼泪嘀嗒落在心田，
化作一股尘烟飞起。

雪，亲爱的雪，
你知道吗不但我思念你，
就连陪伴我的树木小草都在思念你，
你为什么不来呢？
你的美妙身姿，
怎是这杨絮柳絮可以比拟，
南方的木棉很美，
也够不上你，
你的柔情，
春天的雨丝也还差一档次。

来吧，雪，
我们都欣赏你，
热爱你，渴望你，
只有你最理解我的心事。

4 月 6 日

花事

这里是春天，
这是花的世界，
这是绿叶可有可无的时代，
有绿叶，花儿灿烂，
没有绿叶，花儿照样盛开。

满眼的鲜花，
远看如浮云五色，
近观朵朵婀娜，
上看一地精彩，
下看赛若云霞，
哪一朵是我的选择？
模糊的标准早已让人眼花。

超大的视野让我一览全景，
一切也因此变形，
我失去了选择的眼睛。

就在跟前，
我却不得不用望远镜。

眼光掠过眼前，
透过模糊得恰到好处的前景，
远处你嫣然的笑意，
定格在我充满选择恐惧的心田，
太阳给你光影，
摄走我惶惑的心灵。

守住一朵，
含苞，绽放，
青春一瓣瓣飘落，
或者结果，或者一无所有，
阐释了一个花季的故事，
春天老去，
自然我也老去。

这里是春天，
春天的花事总是如此。

4 月 5 日

清明

万物正新萌，踏青阳气生。
叶花需有本，敬祖亦当行。

有一双眼睛

总有一双眼睛，
会让你一激灵，
是久别是从不曾陌生，
心底袅袅升起种种的缠绵。

总有一双眼睛，
会让你铭记一生，
是那眼角永远挂着的微笑，
是一眼看到心底的透明。

总有一双眼睛，
会让你心疼个不停，
是单纯的楚楚可怜，
是信赖是坚毅是肯定。

总有一双眼睛，
会让你泪流满面，
是承载你的倒影，
是鼓励是爱怜，
是永远不变的欣赏是脉脉含情。

总有一双眼睛，
可以让你歌唱让你沸腾，
让你赋诗让你平静。

4 月 4 日

出岑溪

多少年了，
双倍的时间冲淡不了的记忆，
在发展的呼声里散落一地。
小时撒欢的山劈去一半，
小路变了通衢。
天天泡的小溪，
满是臭水和污泥。
游泳的那条曾经放荡不羁的河，
现在是淙淙的小溪。
夜不曾寂静，
到处是虫鸣蛙叫，
换成撕裂人脑的圆盘锯。
令我神往的敞亮银河，
在灯河中消弭。
那绿油油的稻田，
曾经沿着田埂捉鱼。
放眼望去，

隆起一条条屋脊，
雨后震耳的田水，
没了踪迹，
是悄无声地流进沟渠。
繁华的影院，
门前的金鱼池，
舞动的狮子，
山歌伴着牛娘戏，
吆喝，零星的摊贩，
新城的广场开动的儿童游戏，
蓄水的河滩游艇游弋。
孝坊桥的拥挤，
在高大的楼里。
零星的小树，
却已遮云闭日。
只有从遥远的话筒，
传来夹了客家与壮话的土语，
连骂带吆喝，
还是那么熟悉。
多少年了，
追忆的既是往事，
也是现实。

4月3日

小艾

漫画传心意，小囡萌语回。
人生诚不易，有爱却惊雷。

注：漫画家丁武在二十世纪六十年代与小女儿的漫画式通信录。

中国好书 2013

好书节目赛歌吟，自古文章滋万心。
益智求知离弃苦，传承开拓有源音。

工作

不是恋红颜，只因粉蕊甜。
均知蜂蜜好，谁问采花艰。

4月2日

疯狂的春天

疯狂的春天，
你把所有的激情都铺陈在这刚刚苏醒的大地，
或者，你就是大地刚刚张开的眼眉，
瞳孔里尽是激动和往日的记忆。

你做了一个冬天的梦，
还有梦里调制的颜料，
都碰洒了，
故意倾倒，
正愁没有奥妙，
没有碧浪，
你借了谁的绿毯，
把这一切都掩盖。
你挨过谁骂？
还是给你表演的时间就两小时，
反正你太匆忙，
其实我喜欢，

你洒向大地的鲜红，
是希望的瑰丽，
不是秋日死亡的血滴，
就是那一片金黄，
也不是秋天的休止，
是去冬太阳落在你身上的印记。

我看了，
你就是表演一台魔术，
一段杂技，
在高潮时将手中的斗篷一抖，
将灿烂抹去，
留给看客连绵的叹息。

城市晨景

晨起爬虫塞满路，城中郭外铁龙蠕。
肝肠急断走三尺，怒火心烧叹莫浮。

4 月 1 日

春日半山亭

半山亭上话神州，南北大江春色流。
舀取半壶君共饮，笑谈普氏戏欧洲。

注：普氏，普京也。

踏青

相携平谷去，赏杏探山冲。
一路繁花色，引君西向东。
川前杨柳绿，岭上树梢空。
湖水荡云影，春光伴煦风。

小女学厨

寿桃不在山坡长，却自蒸笼雾里来。
小女学厨三两月，馒头包子卷花开。

3 月 31 日

棣樏

一歌唱彻九州情，从此棣樏心底生。
识得黄花真姓氏，方知已伴数年行。

桃花

一片红云起，漫天遍野来。
梅花三月绝，应是碧桃开。

见雷州杀虎报道有感

本应保护虎珍稀，却见屠杀济欲靡。
万两买皮和啖肉，千金货骨并观奇。
人牙食利良心少，兽泪有情公众知。
法律视如游戏语，银铛入狱悔时迟。

3 月 30 日

紫玉兰

玉肌圆润风吹破，兰魄雄浑摧毁难。
莫道此君皇苑少，春来竞放在民间。

落花

我自正嫣然，旁枝已色残。
谁言春独领，刹那便成烟。

春意陶然

树醉春风花竟艳，人浮云彩意陶然。
枝头雀跃蝶蜂引，亭落碎波伴早莲。

郊游

桃红李白菜花黄，春到九州换彩妆。
引伴呼朋郊野去，神清气爽赏群芳。

晨起闻鹤

窗外鹤鸣催梦醒，多年不见雁横天。
今春日暖花繁茂，得见云中鸟逸仙。

3 月 29 日

踏春

阳光晾晒着，
拥挤的浪漫。

一树一树的花，
含苞试探，
或惬意地开放，
旁若无人地飘落，
跟谁都无关，
你爱她也吧，烦她也好，
远离或簇拥。

树下的纷扰，
甚至都没惊动镜头前的一只蜜蜂。
浪漫只是心头自己的感动，
别人又怎知是淡还是浓。

婀娜的柳枝做了屏风，

是春的底色，
将"永恒"到岁穷。
几树春花，
只是春天随意涂抹的色块，
随着荡柳的风流动，
柳絮搅和得世界一片朦胧。

还好有阳光，
晾晒着浪漫汹涌，
鸟儿的，虫蝥的，
就人喜欢相同，
有什么办法呢，
就一根指挥棒，
赏花，踏青，风筝。

3 月 28 日

梦入桃源

携友桃源去，失踪花海深。
抬头惊鸟报，便向远山寻。

那张土做的乒乓球台

那张土台，
写着多少故事，
全在那旋转的小球里，
阿木，二狗，阿四，小七，
还有那个谁，
拉着两行鼻涕，
乒乓乒乓，
其实是两只木屐，
站在了台上，
谁耍了赖皮，

瘪了，是球，
鼓了，满肚子气！
明天，还是这样的故事。

那张土台，
你早已经魂归故里，
别忘了，
留给我们的欢喜，
比那双喜，蝴蝶，
更加神奇，
更加痛快淋漓。

那张土台，
留在了记忆，
属于我，是否有你？

3 月 27 日

我和时光

我投尽了激情，
拥抱时光，
时光不爱我，
从我的怀里悄然离去。

我用尽了方法，
挽留时光，
时光不懂人情世故，
匆匆而别，不曾回眸。

我诅咒时光，
我讨好时光，
我批判时光，
我歌颂时光，
吝啬，孤僻，绝情，公平，
一切都是自己满拧，
时光何曾倾听！

我失去了，
时光在嘀嗒的钟边，
留下了，
一段诗篇，
是它抓住了时光的背影。
忆冬临梅花泉
泉作梅花朵朵清，芙蕖伏水韵飘零。
义安孤影印潭冷，岁月如梭最绝情。

3 月 26 日

潮水

荷尔蒙的潮水，
在骚动的春季，
从南到北冲刷着大地，
冲走了多少脂粉，
冲走了多少志气，
只需看有泪水淋漓，
或悲，或喜，
留下了多少种子，
请耐心等待，
等到秋天，是，秋天，
脱去遮羞的裙衣。

题照

本为摇曳枝，今日悴心疲。
根茎魄魂散，春光失色衣。

待好雨

不烧玉泉水，不饮老君眉。
不见惊雷炸，不开花万枝。

暖春

昨夜含苞睡，迎晨灿烂开。
踏枝频笑午，日暮落樱哀。

3 月 25 日

春天来了

春天毫不顾忌地来了，
管它什么雾霾漫天，
管它什么飞机失联，
管它什么冷战热战，
她毫不顾忌地来了，
热烈灿烂，叮叮当当。

没有政治，没有慈悲，
没有痛苦，没有妄为，
满是慈悲，满是怜爱，
满是生机，满是忘怀，
这是春天的时节，
她便毫不顾忌地来了。

这是快乐的季节，
这是开心的季节，
这是恋爱与失恋的季节，

这是孕育的季节，
这是充满希望的季节，
所有的事件都那么渺小，
所有的阻碍都无效，
春天毫不顾忌地来了，
大大方方，带色带香。

春天来了，
毫不顾忌地来了。

3 月 24 日

梦醒

寄梦田园山水间，桃花絮语杏花怜。
泉流喜悦松林唱，春到心头无物闲。

一地

你是多少人的期待，
整整等了四季，
你才爬上了树枝，
那不是春风，不是，
是爱你，爱你的人哈出的暖气，
化了冰，暖了心，
吹开了束缚你的胎衣，
笑声扶着你，
亭亭玉立。

谁不愿意呢，
让你永驻高枝，
可是，
你已经落下，
落下满地，
没有一丝的迟疑，
将遗憾留在欣赏你的眼里。

又是四季，
是匆匆的别离，
是另一征程走起，
是悠长的等待，
是心中装着你，
岁月拉出孤独的情丝，
缠绕着，缠绕着，
忧伤，快乐行美丽。

3 月 23 日

在山东忆崔瑞芳老师

当年春草绿，师母赴天堂。
笑貌音容在，学生思念长。

注：今天是崔老师两周年忌日。

好想雾水

你还记得雾水的感觉吗？
挂在你的眉头，
不会变成痛苦的泪，
进入你的喉头，
不会让你咳嗽，
给你温润，舒畅，
沾在树梢，
聚成明净的珍珠，
你可尽情欣赏，

沾湿你的衣衫，
送给你一身清凉。
我快忘记了，
走到哪都是蒙蒙一片，
却不是记忆里的雾水，
让人难禁感伤，
还有吗？
我记忆里的雾色茫茫？
我得到哪去寻找你，
亚马逊的雨林，
非洲的草原，
还是深山里的故乡？
还是都完了，
世界已经交给尘土与硫酸？
我需要改变基因，
将这些品作玉液琼浆。

3 月 23 日

浮山校园即景

晨起推窗春景入，嫩光摇曳露晶莹。
玉兰方醒含苞笑，杨柳初萌缀叶青。
少女倚栏轻语读，金鸥戏浪脆声鸣。
朝阳斜照心头暖，信步拾梯赏早樱。

赏春

阳光普照春风暖，漫送花馨四海闻。
踏遍青山君伴我，心香共享不曾分。

3 月 22 日

春日青岛听迪里拜尔独唱音乐会

青岛波涛震耳聋，莺啼声贯浪千重。
余音袅袅何时绝，秋日回听韵尚浓。

紫花地丁

春晖紫地丁，花艳草无青。
常念故乡景，此君除病灵。

魏明伦讲逆境成才

巴山戏鬼到崂山，细话成才路险难。
今日声名由累起，金蛇飞跃出龙潭。

注：魏明伦生于 1941 年，属蛇。

浮山

浮山观海水天色，帆影如星共雁飞。
去年火棘今犹在，又见繁花傲立枝。

昨日到青岛

作家楼下报君知，和暖阳光莺燕啼。
问讯殷勤阶侧柳，盘龙摇曳着新衣。

3 月 21 日

海的记忆

一梦狂奔三百里，栈桥灯火尚尤明。
不知身处是何地，青岛烟台或北京。

春分日忆山东兄弟

已是多年不见君，山东春暖万花熏。
何期相伴凌云顶，共赏朝霞入雁群。

春分日

烟台青岛去，一路正春耕。
今日春分至，冰融草木萌。

3 月 20 日

芝罘湾畔

美酒沉香醉夜莺，一城美景印波平。
紫微为极天庭转，小艇大船飞若萤。

老钟

一见钟情北极星，烟台湾畔百年灵。
沧桑历练浪淘洗，入地上天探九冥。

赏海

手把香茗魂入海，回波诳语问松涛。
崆峒摇橹悠然过，马岛扬鞭踏燕翱。

惹浪亭

谁惹浪兴黄海边，半山亭里听风眠。
梦回狼烟纷沓起，任是铁心亦火煎。

黄海晨光

黄海晨光浴老松，波平心静望崆峒。
天尊文界奕然立，笑对东西南北风。

3 月 19 日

烟台山

烟台山上话烟台，立埠原由外辱开。
数百年来潮汐涌，历经风雨始成才。

日落芝罘

芝罘日落照昆嵛，远望蓬莱雾霭徐。
八百贞童奔怒海，一元皇帝走连舆。
仙风日盛求神药，道教萌芽做先驱。
佛祖南山应自得，西来大德坐芙蕖。

守望—— 一尊雕塑

还在，
守望。

不太遥远，
却渐已化成记忆，
或者，
讲述的奇迹。

散落在四处，
没被潮流湮没，
朴素的认知，
守望，形象就是旗帜。

或者倒塌，
构造的瓦砾，
或者与山河同在，
撑起的神气。

3月18日

千手观音

观音千手到烟台，传说动人精妙排。
悦目赏心轻舞炫，仙风南海满情怀。

养马岛

岛有三滩，泥，沙，石，
胸怀六合，天，地，人。

飞翔

身驾大鹏飞，春光染征衣。
登高东海望，烟起石台西。

3 月 17 日

杨树

南天一阵风，满树挂毛虫。
不待枝头绿，羽成飞去空。

孩子，别怕！

孩子别怕，
今天这不是夺命的雾霾，
是我们京城特有的风沙，
是咱们祖传名牌。
瞧，那压弯秃树的风，
今天有风神值守，
怎么还可能有雾霾那妖怪。
啊！走石飞沙！
是呀，飞舞的杂物沙子打得多响！
迷了眼　揉揉！

卷了满头！咱家有洗发香波！
放心，咱们的风沙来得都光明正大，
不会有雾霾悄无声的毒害。

孩子，来，别怕！
我给你遮上一块面纱，
对，只要面纱，
这是咱京城的老做派，
无须那面罩还得加阀。

孩子，别怕，
这是咱京城久违的风沙，
不是那杀人的现代雾霾。

3 月 16 日

春

就凭涌动的荷尔蒙，
掀起了这场对残酷冬天的革命，
沉睡的世界被你唤醒，
为你欢呼，
为你花枝招展，
为你恋爱，
因你怀孕。

可怜的春啊，
你成功了，
接替你统治这个世界的，
是狂热的夏，
收获你胜利果实的，
是老迈的秋，
你的世界瓦解了，
还是蜕变，
最终到来的是你推翻的严冬。

或者我错了，
夏天的勃勃生机不是你的死，
夏秋不过是你不同的时期，
冬才是崩溃前的你。

总有一个充满荷尔蒙的春，
在另一个周期，
发动另一场革命，
开始另一场花事，
世界的命运，
周而复始。

3 月 15 日

看越剧红楼梦

一出红楼梦，漫听吴语浓。
歌吟情与命，活演少年疯。

反腐

追梦路遥妖魅多，苍蝇聒噪虎藏坡。
举拍棒喝动真格，一切害虫尽入罗。

注：这是原文，发在《人民日报》3 月 10 日时略有修改。

自寻快乐

早起吟诗日暮歌，忧愁写尽梦婆娑。
咬文嚼字晨昏过，快意频生在琢磨。

春暖

得报东风今日渡，春光明媚笼神州。
去年裙裾今安在，伴我踏青郊外游。

3 月 14 日

爬山虎

秋塑红颜早随风，只留筋骨挂墙东。
何时再现千层浪，待到花繁春意浓。

生活就是那炉子

生活就是那炉子，
点燃了，
就有了生活的气息。
从此可以将生活烹制，
死亡的辛辣变成袅袅的香气，
平淡在火里消失，
生活的滋味沁人心脾。

生活就是那炉子，
点燃了，

就有了家的气息。
亲人因此团聚，
香火因此永续。

生活就是那炉子，
只要还有气，
就该燃烧，
燃烧就有温暖，
就有希望与光明。
不燃烧的呼吸，
无疑，
就是死亡游丝。

生活就是那炉子，
接上一口气，
用激情的火花点燃，
由燃烧造就一切，
没有什么秘密，
没有隐藏的玄机。

3 月 13 日

你来时

你来时，
春天的花儿还没开，
只有风将你推摇，
没看到秀发飘荡，
没看到腰肢窈窕。

你来时，
遍地是落樱，
鹅黄还无力在地上留下阴影。
我已经看到了你的笑眉，
人们叫你银花，
我看到的是灿烂的金色，
不是落日染了你的眼睛。

你来时，
风已经卷走大地的绿衣，
只剩红宝石一样的果子，

我宁愿叫你红珊瑚，
你是生命的记忆，
受过狂风巨浪的洗礼，
我收藏过特殊的意义。

你来时，
雪已经化去了脸上的红晕，
干涩的脸皮藏下多少灰霾。
大雁行了千里，
春天还没什么踪迹，
只有风将你推摇，
没看到秀发飘荡，
没看到窈窕的腰肢。

3 月 12 日

林间

林里千重色，阳光点到强。
水流清静洗，百鸟噪声扬。

林间

林间上下多奇幻，裂石青藤苔藓粘。
便胜马良神笔画，写真印象墨中禅。

山泉

林下滴涓出，清纯未染奸。
潺潺石上走，不畏有谗言。

簸米

竹匾手中扬，米留风去糠。
春筛家务活，老妇胜三郎。

仙人掌

不学垂莲贵，生生在水中。
阳光沙石好，滴雾花凌空。

梅花图

山城浸雾浓，对面亦朦胧。
红白衬青墨，梅花出笔工。

3 月 11 日

紫李

不见紫衣半透红，繁花独自戏东风。
牡丹芍药需时日，春暮樱桃方始浓。

春雨

细雨庭前过，偏心细柳枝。
芙蕖无倩影，鱼困浅春池。

阳春

老树润甘霖，枝枝发叶新。
生机无限好，只在暖阳春。

江南三月

潜潜细雨挂梅枝，一点粉红春去迟。
江南三月发荷箭，静待云开翠满池。

3 月 10 日

春归

草绿春归日，鸟鸣情动时。
花开心底早，雀踏蜡梅枝。

春景

梅染静田水，迎春一点黄。
莺啼青竹外，人赏阁楼窗。

春色图

春到水潺潺，花飘若雪寒。
凌空梅色点，倒影在深潭。

无题

鱼鳞瓦上春，枝逸有梅魂。
不见青苔色，铅灰点绛唇。

川北行

瓦鳞屋破路尤艰，天线一根与世连。
发展尚需时日久，乡居劳苦不悠闲。

3 月 9 日

你就在那里

春风拂动笑容，
花儿在角落里嫣然，
牵扯我的目光与心神。
遥远的河在奔腾，
遥远的河仍然冰封，
你就在那里，
扶着希望的翅膀，
放射着微笑的电光，
让我的心底炙热如焚。

柳树与你比着秀发，
荷花与你比着脸蛋，
竹林与你赛着腰身，
溪水与你和声歌唱，
你就在那里，
影影绰绰，脆声响亮，
禁锢了我不安的神魂。

那片无灯的黑夜闪着亮光，
那个寂静的早晨公鸡忘记鸣响，
那场雪就浇落在南方，
那场雨如高瀑轰鸣冲入深潭，
还有那翻滚的冰雹将彩虹蹦上天堂，
你就在那里，
我的臂膀和我的胸膛，
残余的梦尚余 38 度的体温。

柳枝轻掩，
你就在那里，
就在我的身旁，
缠绕淡雅的幽香，
你就在那里，
就在花开的地方，
远隔群山，生机盎然。

3月8日

闻马航失事

惊雷震九天，海阔大鹏眠。
百数游魂去，观音引作仙。

奇迹

在思考，在活着，在快乐，在生气，
都是穿越了无数艰难的奇迹。
机器会暂停，动物会停止呼吸，
能做完的做完，能收拾的收拾，
每件事都可以戛然而止，
每样拥有都可以就此不再属于你，
时时都展现一脸的笑意，
迎接下一秒下一刻那是全新的未知。

每次醒来，

还能醒来，已经创造了奇迹，
每次睡去都是对往昔的别离，
每次醒来都是拥抱新的未知与新的奇迹，
感念这个世界没什么对不起自己，
快乐便悄悄然撑开那沉重的眼皮。

音乐响起，万籁轰鸣，
那是鲜活的现实，
想能想到的，做可以做到的，
没什么玄机，只是不要等待，
一切都归于沉寂，你已经不是你。

每个升起的太阳都是唯一，
对我，对你，
每次告别都是奇迹的终止，
每次再聚都是新的奇迹，
给它同样的真诚，同样的笑，同样的珍惜，
拥抱，亲吻，欢喜，
就在当下，不等下一个奇迹。

3月7日

奔流的痛

酝酿在不知不觉中，
激荡的声音渐起，
大地渐渐感到了疼痛，
在那一刻，
所有的阻碍都显得渺小，
所有的闸门都已经失效，
喷薄而出的，
直上云霄或直下深渊，
直到所有的悬念都铺陈出壳。
晕眩，揪长，涕横，泪流，
杂陈五味，
涨涨消消。

祝 3.8 快乐和谐

三生有幸女人贤，八辈不离岁月甜。
快乐失魂牵手过，和谐长绕在堂前。

见友抵下龙湾

1992 年初抵下龙湾，住火烧滩边。之后多少政治人
物，明星泰斗往来此地，都成了记忆。

二十余年旧事繁，烟云笼罩火烧滩。
星官退隐山河在，心寄下龙静海湾。

水珠与花

感谢你给我你的臂膀，
那是我柔美的温床。
你爱不爱我，
我已经是你的靓妆。
你把我吃了吧，
我会是你美丽与生命的滋养。
要不我就化一缕轻烟，
带走你的迷人香。

3 月 6 日

我说那条鱼

我说那条鱼，
我是把你切成段扔进了锅，
你也不用这样，
不用这样一副无辜哀怜！

你吃了多少？
有多少生命，
有多少生命成了你的牺牲，
你真不知吃胖了就漏不了网？
你又不是二师兄有那三十六般变化，
你是鱼，
你是吃胖了的没能漏网的鱼。
你就感激吧，
我是仁慈的，
已经给你用过香料，
已经给你敬过酒，
你一切的好会成为我的肌体，

续写你的善良与慈悲，
当然，我不会收纳你的渣滓。

我说那条鱼，
你不必为不能终老惋惜，
你逍遥过吃胖过，
你来过，我不会忘记。

惊蛰

不见虫蝱影，蛙声绝耳宁。
皆言惊蛰至，南国向燕京。

3 月 5 日

月上西楼

月上西楼南海去，椰风两岸涌春潮。
羊城研读西疆事，天府笑谈巴蜀枭。
一路朦胧穿细雨，繁花娇艳起心锚。
安身京北卧听曲，仰望银钩挂碧霄。

读润畦画有感

碌碌人生苦，盛衰来去风。
只需君与共，世界便成空。

3月4日

春柳

新发及腰长，窈窕着绿装。
少年情窦绽，不负春姑娘。

闻昆明火车站惨案

春日寒风紧，全身血脉张。
感同民苦痛，得刃恶徒狂。

雾里看花

春下江南晴日少，樱蕾浸雾挂明珠。
锦城花重杜诗好，到此方知实不殊。

3 月 3 日

语言的功能与陷阱

无言难达意，得语水潺潺。
身被裹行远，悠然入石潭。

重庆印象之三

山横城市里，水绕万阶攀。
客问庭前货，主回云外间。

重庆印象之四

雾锁南山峰，追寻抗日踪。
烽烟早已息，人去记勋功。

3 月 2 日

雾都印象之二

江映阁楼重，路行盘半空。
雨停岚雾起，林密不穿风。

春色

枝绿满屏装，迎春一朵黄。
赏花还太早，有待暖人光。

渝州宾馆

独步渝州客栈中，深深院锁海棠浓。
池塘静水照新柳，几只黄莺鸣竹丛。

3 月 1 日

重庆印象

桥作蟠龙从雾出，扶摇直上九天盘。
耳闻江水涛声近，只见云帆不见船。

渝州晨景

闻鸟心先醒，阳光迟入庭。
飘零春雨后，缭绕院中宁。

从成都到重庆

身驾铁龙离蜀地，巴山轻越到渝州。
风光秀美民生苦，心有千钧压上头。

2 月 28 日

追梦

青春已作飘零雨，滴落梅花点点红。
追梦青山和秀水，云蒸霞蔚到头空。

铁梅不在家

今日乘龙到雾都，抬头川剧绕穹庐。
寻踪江北铁梅处，大院门开君却无。

晨

早起入清池，水浇杨柳枝。
温柔传肺腑，汽雨浴心脾。

2 月 27 日

题照

鲤鱼池底亦知春，照影梅花落地云。
点点红唇波浪卷，清风过处漫香魂。

春到草堂

草堂侧畔水流春，雨里寒梅灿若云。
垂顾池塘望月鲤，霓裳抛落荡香魂。

草堂行

杜甫门前敬意真，诗碑慢读汗津津。
风光摄魄心头震，不敢歌吟柳色新。

霾后

卧龙川蜀出，快马到京城。
唤雨呼风至，贱民灾后生。

刘氏庄园

青砖黑瓦顶玄柱，一片阴森到客惊。
装点西洋百般好，心慌强压亦难平。

注：即四川安仁镇的刘文彩家族庄园。

内画壶

粗手一双笔一根，玻璃瓶里秀精神。
云山秀水多灵动，仕女宫娥净美人。

2 月 26 日

泥塑收租院

故事知时年少郎，今天大邑看端详。
风吹尘去真情露，去魅还需岁月长。

春催诗画

我不是诗人，
浅浅的鹅黄向我发问，
你将用什么给我写真，
远看生机惹人，
近看满目枯痕。

我不是诗人，
柳丝拂水向我催问，
何处是二月的春风，
何时有不知疲倦的鸣蝉。

我不是诗人，
优雅的天鹅向我追问，
听腻了骆宾王，
你可想过为我度新声。

我不是诗人，
红桃白李粉樱向我进攻，
我心中的歌弦阵阵颤动，
咬音嚼字却怎么也描绘不好这耀眼的长虹。

我不是诗人，
婆娑细雨花滋径润，
带舞青山云蒸霞蔚，
冰消雪融地阔天开，
鼓瑟齐鸣奏响声籁，
感动就如丝如线牵着文字满目腾飞。

我不是诗人，
天上的一对飞鸿，
地上的半点青苔，
描绘不尽这天地的恩爱，你来。

2 月 25 日

梦的印象

可能都是梦。
只知道穿越的云团叫云海，
我看到的却是冰雪皑皑，
这里不是嫦娥的广寒，
我怀疑自己掉进了南极，
到处都是企鹅成排，
我怀疑自己掉进了北冰洋，
巨大的熊在冰天雪地里游荡。

航机一头撞进白纱帐，
在雪地里飞奔，
冲进另一团泡沫说是靠港。
我怀疑到了东海龙宫，
却不见敖广。
我怀疑到了蓬莱，
沉浮在云里雾里的不是楼阁青山，
而是一片混乱。

一片哗哗的水响，
来自岷江的流泉，
带着自然的清新却也流不尽鼓噪。
穿透历史的底线，
韶再无可绕的横梁。

深一脚浅一脚的灯光，
照不见堂皇或阴暗的空间，
高尚沐浴着冰凉，
龌龊燃烧着银两，
幽幽的叹息被唤作吟唱，
鸡鸣狗叫被加冕为群情激昂。

夜澜，胡言斑斑，
梦狂，印象。

2 月 24 日

再到都江堰

玉磊山前秀，二王守宝瓶。
南桥听水急，郡守品茶茗。

注：二王指李冰父子庙，在宝瓶口。郡守指郡守府，餐馆名。

到成都

万丈冰崖布险途，飞舟破浪靠成都。
天庭仰望如锅底，雾起青山楼阁浮。

同学

各守城池数十年，笑谈岁月咖啡间。
白须皓首从容展，利禄功名慢觉闲。

白云山

白云山压五羊城，遍地清凉刺骨风。
记忆廿年从未改，雨中客栈号登丰。

注：1993年春天，在出国长驻前，我到广州登丰宾馆去见朋友，
今日再见到那个宾馆，记忆重新唤起。

2 月 23 日

这边风景

我曾经认为你是我无法救活的病婴，
我抛弃又将你抱回，
我曾经看到你恢复呼吸，
可你生不逢时，
我最终无奈在心底宣布了你的死，
我已经将你可活的枝干都插成了繁荫，
但这些都代替不了你，
我的这边风景。

我的这边风景，
我以为你早已经不在世间，
在那悲痛的日子，
才发现你被我的爱养在金屋，
她不在了，
你却回到了我的身边。
你的美丽你的丰饶，
你的质朴你的笑声，

首先扰动了孩子们的心，
然后让我老泪淋漓。
我重新审视了你的病情，
才发现你并没有得什么不治之症，
我不能说是社会给我的偏见，
不能说是时代挡住了我的视线，
我的孩子，我很高兴，
你还活在我的身边，
这是她保留给我的一份思念。

可是我的孩子，
你活在封闭的金屋太久，
时代早已经滚滚向前，
我怎么把你带给读者，
怎么让你融入当前，
让我倍受熬煎。

我想明白了，
你不是我木箱深处的紫绸花服，
你就是你，
我的这边风景，
我无需对你修饰，
我无权对你教训，
你有丰采自有出彩的空间。
我毫无愧色地让你亮相，
我真高兴，我的孩子，
你闪耀的光芒没有辜负你的爹娘。

这边风景

风景这边开五羊，花繁人美笑声琅。
味纯陈酿意绵厚，既当研品亦当藏。

闻京城霾重

霾重京城门紧闭，设坛何处把天祈。
风婆可解民生苦，放气开囊洗浆池。

春寒

春寒拥衾薄，残夜梦回煎。
暖日迟迟起，鸟声呜咽绵。

2 月 22 日

三角梅

都说你不是花，
却红得浓烈，
粉得庄重，
白得圣洁。

你什么时候开放，
我不知道，
我想蜂蝶知道，
朱雀知道，
蜂鸟知道，
风儿也知道，
我看到你是你早已经是一片诱惑。

都说你不是花，
我却看到了你孕育未来的管道，
包裹着绚丽的霓裳。
我嫉妒那朱雀与蜂鸟，

用长长的喙偷去了你的贞洁，
我嫉妒那飞蛾蝴蝶，
用长长的口器探取了你的蜜汁，
而我只能用眼睛与相机，
摄取你飘逸的温柔。

都说你没有香气，
而我闻到了，
即使在梦里也在品尝你迷人的味道，
带着阳光的芬芳，
带着海洋的醒咸，
那是荷尔蒙的甜酿。

在那一刻，
我多想化做蝴蝶，
将热爱化作舞步翩翩，
我多想化作风儿，
轻轻抚摸你柔嫩的脸。
我多想化作小树，
让你盘缠向上，
而不怕你的金针把我刺穿。

你是花，
你是我生命与梦魂的故乡。

2 月 21 日

我披着你送的彩衣

我披着你送的彩衣，
穿越在梦幻的森林，
飞翔共轻纱一样的诗意。

我注视着你，
飞溅的泪滴，
挂在胸前的珍珠。
何止及腰的长发，
胜过那漫天的青萝。

我抚摸着你，
冰凉在温热里飞舞，
光滑如玉又如针毡多刺。

我闻着你，
青涩扎了我的喉咙，
成熟醉了我的春梦。

我践踏你，
我蹚过你，
疼痛了我的腿，
健硕了我的心。

我要做千年的过江龙，
陪你沐浴岁月的风，
我要做藤一样的青竹，
编织爱的牢笼。

我穿着你送的彩衣，
出入在梦幻与真实的时空。

情系呀诺达三道沟

三道沟中三跌水，顽石琢磨化景奇。
林下卧听风带雨，仰观雀踏火花枝。

2 月 20 日

2014 两岸笔会茶话会有感

今夜劲吹友谊风，书家文曲喜相逢。
笑谈美景中华愿，诗画歌吟具动容。

探访海南雨林

云蒸黛色青，林涌万般情。
夜听狐狼啸，晨闻鸟雀鸣。
穿萝寻路入，拨叶探头行。
涧水冲花径，山藤抱树生。

呀诺达之二

山涧清潭百媚齐，花团锦簇听莺啼。
韶光流水相映久，卧品微澜梦花梨。

仙人掌

跻身沙石缝，渴饮露清鲜。
克苦熬艰乐，开花不必言。

天目山情

天目春风化羽轻，雾岚欲去半山停。
近观远望茫茫白，覆树寒霜共雪冰。

雨林一号

朝醒雨林间，云藏雾里仙。
鸟鸣难见影，花重露华粘。

2 月 19 日

雨林精神

这是一个整体，
跑的跳的站的爬的都无奈相依。

这里没有顽石，
有的只是生命力量粉碎的战绩。

这里没有优待，
冲出黑暗，
太阳与天堂都归你。

这里没有温情，
有的只是对环境与机会的把持。

这里没有个性，
有的都是争斗的利器。

丛林法则如此原始，

一切胜利都是暂时，
一切的独立都有所依。

登高远望，
一片绿野奔驰，
一切的细节都覆盖着这件青衣。

一场场雨，
一缕缕白云升起，
给残酷做了装饰。

2月18日

朱雀与花

纤纤美女舞花间，声脆甜歌惹爱怜。
朵朵开心摇曳待，深深一吻涌甘泉。

入保亭黎乡

黎家深隐密林重，心底狂掀乡恋风。
土语声中思祖辈，茅棚门外见顽童。
酒甜香溢人情朴，锦艳妆成手艺工。
问讯阿婆生活好，槟榔谷秀孕年丰。

雅诺达

青山连碧海，高树入云霞。
蜂蝶恋花密，鸟儿枝上家。

踏雪寻梅

雪中春色揽，最美是梅花。
枝底暗香越，氤氲一盏茶。

从海口到三亚

朝离海口雾岚中，漫见骄阳驱疾风。
头顶蓝天穿绿野，脚蹬赤兔跃高峰。
咖啡瓜果香悠远，水稻菜蔬鲜郁葱。
五指山盘廊覆树，天涯水碧入苍穹。

2 月 17 日

海口

料峭寒钟醒，河山掩雾青。
苏公何所在，昨夜梦魂卿。

注：苏东坡曾被贬到海口，我曾两次到访这里纪念他的苏公祠。

来吧，来我怀

来吧，来我怀里，
这里有来自远古的气息，
这里有简单的孤独，
这里有复杂的缠绵，
这里有清清的流动，
这里有浓浓的抹不开的淤积，
这里有淡淡的忧郁，
这里有轻轻的叹息，
这里有你的倒映，

这里有她的影子，
这里有平凡粗糙腐朽，
这里有高尚细腻神奇。

我就来，来你的怀里，
与你相拥与你亲昵，
什么时候，
什么时候你偷换了我固守的意义，
让我觉得什么也不做，
与你相守便幸福得要死，
什么时候，
什么时候你化解了我的意志，
让我觉得追逐成功，
追寻世外桃源是如此多余，
什么时候，
什么时候你扔掉了我的计时器，
让我没有了晨昏没有了日子，
让我觉得原来没有了时间也那么令人欢喜，
我愿意此刻到永远停止呼吸。

来吧，来我的怀里，
我的心胸已经过荡涤，
透着阳刚温柔迷人的气息，
我的胳膊拥抱得起山一般的巨石，
我的思想像藤蔓能将三界缠起，
我的脊梁顶天立地。

我就来，来你的怀里，

在这里，
就在这里，
你在我怀，我在你怀，
你拥抱我，融化我，
我拥抱你，融入你，歌唱你。

2 月 16 日

观澜湖畔

观澜湖畔波常涌，踏浪群星耀海天。
画圣诗仙文曲到，驱寒逐日更无前。

到美兰

悠然降美兰，落日荡河湾。
斑驳椰林影，迎风数百帆。

开学

已是寒冬末，尚无新绿萌。
今天门户敞，即刻便欢腾。

2 月 15 日

追寻

沿着街巷，
时光的轨迹，
追寻过往的记忆，
将未来投寄，
给已知连接的那片未知。

不见了，
纷繁的世事，
不见了，
激情滚过的历史。
那棵不朽的老槐，
没了影子。
墙缝里储藏已久满满的秘密，
随着墙皮掉了一地。

灰天上的黄轮，
轻拨着不知哪年的树枝，

可以给脸磨砂的风，
吹落心头的好奇。

一切便还这样，
即使百年后你的后裔，
追寻不止。

元宵

炮作春雷震于田，神州灯耀夜无眠。
心光化雨冬寒暖，诗作礼花放九天。

注：于田地震。

元宵

炮作春雷到梦边，神州璀璨夜无眠。
心光化雨冬寒暖，诗化礼花放九天。

2 月 14 日

春日下班

瞻前全夜色，顾后尽黄昏。
天地有情在，平心放胆奔。

雪的日子

日历上写着大雪，
是雪的日子。

满堂的阳光早早地打破我的梦迷，
我踏着一地的碎梦，
行走在冰封的土地，
天气预报说，
准备迎接雪的安抵。

不远的海边八百里加急，

雪已经入关，
将长城内外装饰，
抬望眼，
碧空寄托我的情思。

我的身边满是孤独的干枝，
花开放在遥远的南方大地，
来吧，雪，
让我拥抱你，
化去我的干涸，
带给我希望与生机。

我已经投下赌注，
在明天到来之前，
雪会证明我的虔诚，
不，不，
是祖先的慧智。

茶已经煮开，
朋友们，来吧，
赏雪，赋诗。

注：雪景是于辉先生早上发的。

贺李坚柔索契夺冠

老将驰骋久，众言当已休。

此番披挂上，竟是最风流。

孩子－题照

爸爸看车风里去，路边写字我当玩。
尘飞喧闹亦无碍，叔叔听侬真不难。

注：在朝内见一看车师傅的孩子，刚五岁，坐路边写字念书。小
朋友告诉我每天写五六页两千字左右，他还认真念给我听，说不
难，好玩，孩子都要学习的……

2 月 13 日

影集

一阵笑声爽朗
冲开了记忆的闸门，
在我翻开影集的那一瞬间，
看，已经储藏了多少年。

童稚的身影，
奶声奶气的童言，
粉嫩的肌肤与可爱的哭声，
看，怎么可以是对面的青年。

飘落的雪花，
将满山的红叶遮掩，
滂沱的大雨，
试图追逐的雷鸣电闪，
蒸腾的骄阳，
掀起遮天蔽日的碧蓝，
窃窃私语，

鸟儿凌空哺育的表演，
闪烁着光芒，
点点露珠爬山上了叶尖。

丝丝的幽香，
花蕾，花朵，花瓣，花干。
看，竟然有一个世界大千。

刚说冰冷，
却看到热浪，
刚说大海，
又看到皑皑雪山。
刚说逝去，
又看到血肉温暖，笑语潺潺。

这是什么地方，
这是什么样的典藏，
没什么，
我只是打开了影集，
我只是偶然去历史回访，
往昔的血肉世界便起了波澜。

就这个影集，
我来，时间漫漫，风情满满，
你来，时光匆匆，不见风帆，
你是游客，这是景点与客栈，
我是主人，这是生活与家乡。

2 月 12 日

鹊桥仙·思君

思君若梦，斜阳陨落，淡雾浮光休止，夜生清冷意难安，萤灯火，空蒙咫尺。
弦歌成昔，诗心无寄，淡墨冰凝砚里，细毫绢纸孤零卧，这次第，寒冬屏息。

注：读词，手痒，第一次试填。

天堂是一座坟

天堂很美，
任由想象驰骋。

天堂凶残，
将美好与丑恶都拖向来生。

天堂很冷，

将一切希望与灵魂冰封。

天堂很空，
只有想象的鲜花与树丛。

天堂很挤，
千秋万代的一座牢笼。

天堂温馨，
沐浴着执着与贪婪的香风。

天堂很臭，
接着死亡与腐朽的烟囱。

天堂就是一座坟，
生命与思想在踏入的瞬间归空。

2 月 11 日

赏友雪景照得句

雪径长诗篇，怡然醉八仙。
冬行东岳上，路远志弥坚。

晨光

晨光初照窗前月，残雪银华漫耀城。
一抹朝霞添暖色，轻扶半缕入云风。

京城夜

月挂中天人在梦，冰封千里听春风。
虫鸣蛙鼓莺啼远，疑似惊雷軎正隆。

2 月 10 日

早起

惯于长夜梦难醒，惊看朝阳睡意浓。
身驾凤鸾描彩色，耳闻炫乐流水淙。
手撕霞锦做新袄，脚踏云山塑老松。
虎入林间收羽翼，龙飞何惧九天重。

岑溪风俗

岑溪初十雨蒙蒙，宴饮连连闻炮声。
不是如今轻女眷，古来风俗上男灯。

注：家乡岑溪有风俗，作为孩子生养仪式，女孩子摆满月酒，男
孩则在每年的正月初十摆上灯酒，在祠堂挂灯，以示入族。

没有承诺

没有承诺，
已经在一起翱翔，
一起经风雨，一起熬雪霜，
一起痛苦，一起快乐，
一起疯狂。

没有承诺，
已经在一起翱翔，
一起啄食，一起闲逛，
一起做梦，一起迎接阳光，
一起迷惘。

没有承诺，
已经在一起翱翔，
不需要求证，不需要伪装，
相濡以沫，
便是地老天荒。

2 月 9 日

忆威海行并和王锋兄

每提甲午便心沉，昔日创伤痛楚深。
倭寇凶残当记取，国民麻木苦难吟。

王锋原作：

感中日甲午旧事

百二年前巨舰沉，铁销烟灭痛尤深。
无边倭鬼提刀起，又待天朝入醉吟。

(今观甲午旧事，丰岛、大东沟、刘公岛，倭人三袭之后，北洋水师全军尽没，诸多细节，殊耐反思，令人怅恨久之)

赏雪

看江西柳易江组照有感

把茶温手窗前坐，何事青松一脸愁。
昨夜朔风吹雪落，琼花千树压枝头。

闻绍兴下雪

雪落鹅池浅，鹅立水中间。
侧目凝神看，琼花化白鹇。

雪落禅缘山房

琼花夜落淹鹅黄，疑是春寒凝露霜。
池底金鱼无所动，守门黄狗负绒诳。

注：禅缘山房是武汉虞小凤先生画室。

2月8日

致张九桓大使
——读张大使离老家组照有感

天酬人不老，年尽岁犹长。
昔日辞乡去，归来六部郎。

不设黑名单

黑名单，
所有的烦恼和不快都往里装，
耳根清净，眼无杂幻，
可以心安，
可以心安？

黑名单，
一面盾牌，一个铁筐，
把你遮挡，

还是禁锢了自己，
需要开窗吗？
外面有阳光。

把你拉黑了，
那是根本不需要你，
内心为什么如此彷徨，
因为你还带着喜人的阳光。

把我拉出来吧，
其实无须遮挡，
我不是怯懦无能抵不住风霜，
相比起自由和阳光，
霾又如何雾又何妨。

雪天

雪如飞毯漫天舞，铺砌绒毡遍地粘。
车马趔趄爬样过，行人伞盖面遮帘。

雪中地坛狂想

瘴气乌烟庙会时，昔时圣地任人欺。
春风吹逐狂欢去，白雪翻成黑污泥。

2 月 7 日

和刘先生冬雪诗二首

无雨一冬人亦凋，心神霾雾共尘飘。
春风催雪晚来急，喜听梵音度一宵。

雪花飘落没高楼，一夜狂欢醉未休。
出门不知何处去，茫茫雪野更添愁。

春雪

雪落心花现，京城遍地梅。
暗香盈袖处，远听破春雷。

雪掉落的声音
我以为早忘记了，
雪落时的欢喜。
狂叫着倒下，

忘情地数落着天地。

我以为早忘记了，
雪落时的叹息。
再怎么保持纯洁，
也已被混沌的云山雾海抛弃。

我以为早忘记了，
雪落时的声音。
笑笑嘻嘻，窃窃私语，
我偷听时的满眼迷离。
都还记得，是那样清晰，
柔软的冰肌，
温软的水滴，
将一切的娇羞荡涤，
回归怀抱的亲昵。
都还记得，是那样清晰，
贪婪的呼吸，
世态与争执，
你宿命的矜持，
一切都被阳光吞噬。

都还记得，是那样清晰，
一切都已经远离，
剩下的是你我的对语。

世界跑得太快
是我适应了慢速，

还是这个世界的速度让人吃惊？
就在数年前，
这个世界还在放着 24 格的电影，
不知哪一天，
便用上了 36 格，72 格的高清，
这个世界就以这样的速度在我的眼前展现，
在我的眼底留下的记忆，
却模糊不清。

我已经骑上快马，
无奈这个世界跑得太快。
有多少的美食，
我还没有品尝就已经失传，
有多少风光，
我还没看就已经被破坏，
有多少朋友，
我还没有再见就已经离开。

我坐上飞机，高铁，
无奈世界已经跨上火箭飞向神奇。
有多少秘密，
我还没有来得及了解就已经湮灭，
有多少科技，
我还没有尝试就已经过时，
有多少时事，
我还没来得及了解就已经变成了考古历史。

我不想脱离自己，

我把所有的工具抛弃，
缓步走在人生的实地，
太阳还是每天升起，
地球转一圈还是 24 小时，
花儿还是一年四季，
子孙还是世代更替，
书中的故事还是原来那样神奇。

只是吹来的风已经不是那样原始，
多了现代的气息。
地球太快，
是不是自己太贪婪，
太焦急？

2 月 6 日

南国春到

春晖南国映和光，虎跃龙腾闹故乡。
百里春花铺锦绣，诚心静待有才郎。

立春雪

门前千树挂鹅绒，不见百花有冽风。
尚待冰消融雪日，神州大地春声隆。

今日访鸟巢

今朝入鸟巢，客比钱塘潮。
金蛋纷纷落，雪层纤若毫。

明天人日

之一

少小知人日，言行禁忌多。
一生平顺过，和睦远风波。

之二

皆言节俗汉朝起，追忆女娲造物时。
万物已全除一种，人生初七最神奇。

2 月 5 日

祝东晖生日快乐

张扬今日喜，东海老龙知。
辉映神州久，生辰祝福迟。

祝杨老太君七十大寿

生缝乱世亦婉媛，携手王家育子孙。
昌明世道古稀到，遥看百年人共尊。

打薯煲

张家今日打窑鸡，追忆芬芳年少时。
田埂薯煲秋夜暖，红苕土豆溢香饴。

注：见张九桓大使发打窑鸡照片有感。他们把鸡放窑里，恐怕与
叫花鸡同源。我小时没有鸡，只有红薯土豆。

2月4日

咏山东青云山

青云山下一湖水，夏日蒸霞秋映辉。
裂石松中猴戏月，龙门鱼跃万年龟。

京城立春之四

一见桃花思越国，此花不现不迎春。
身离还剑十余载，倩影婆娑牵魄魂。

注：越国指现在的越南。还剑湖在越南首都河内市中心。

京城立春之三

虫儿蛰伏我先醒，锻炼身心蓄养精。
若是鸿鹄怀壮志，起飞不必待天晴。

2 月 3 日

看电影 《音乐之声》

初闻此曲已经年，萦绕心间在耳边。
今日陪囡细赏听，难言悲喜泪涟涟。

春到

日长寒意少，水阔雾岚多。
何处问闲鸭，春暖漾清波。

春节数日

繁花数日瓶中谢，早醒诗心哀欲摧。
四野冰霜寒彻骨，春晖不见梦难遂。

2 月 2 日

祝福王锋兄

石去胆留王者现，把灯看剑华山峰。
君临天下谁能敌，卧品长安漫听钟。

注：王锋是《华商报》记者，家住长安，书房号看剑堂。闻王锋
兄胆结石手术，得数句以祝。

节日

金裘彩马走长安，节日大唐意未阑。
庙会声高连社火，人流如水脚蹒跚。
客商云集东西市，滚滚钱来夜不闲。
万丈辉煌宫禁外，弦歌响彻报民安。

冬天里最后的彩色

孟冬的大地，
该褪去的都已经褪去，
顽强的松树，
青绿换成了灰，
看不到一点生气。

只有这月季，
熬过了狂风，
熬过了冰激，
留下一抹亮亮的红，
这是生命的神奇。

最终你会成为枯枝，
这世界又有谁不死，
勇敢地面对，
笑到最后的你已经胜利。

阳光下，
你扯起红色的旗帜。

2 月 1 日

卖艺

卖艺到京城，劲吹欧美风。
全无羞愧色，脸绽笑心生。

读书

书海一天短，课堂分秒长。
盼将书化水，浇我梦园芳。

张大千画展

大千世界多宏阔，万里江山在襟怀。
点染激情穿纸帛，轻吟典雅远尘埃。

1 月 31 日

逛庙会

庙会年年闹此时，尘飘人挤噪音飞。
城乡游艺一模出，投掷套圈打象棋。
全国只销三样货，文玩风味共非遗。
秧歌街舞龙狮跃，戏曲相声乐不疲。

除夕

礼花锦簇凌空舞，辉映万家一岁除。
环卫工人穿雾到，落红满地瞬间无。

等待

有的等待是在风里，
有的等待是在雨里，

有的等待是阳光明媚，
有的等待是阴霾稠密。

有的等待很清醒，
有的等待很糊涂，
有的等待知道结果，
有的等待没有未来。

有的等待是甜蜜快乐，
有的等待是苦恼无奈，
有的等待叫生存智慧，
有的等待叫生不如死。

有的等待是风雨里有阳光，
有的等待是阳光里有阴霾。
有的等待是清醒的糊涂，
有的等待是结果也是未来。

等待，
是人生的静态，
是生命的破折号，
无须焦急，更无须悲哀。

1 月 30 日

每天的每天

每天的每天，
或天亮，或灯明，
等一个往来的精灵，
来吞没，来吐生。

每天的每天，
或天亮，或灯明，
陪一个人生的同行，
来成长，来吐英。

每天的每天，
或天亮，或灯明，
享一段快乐的人生，
互倾诉，互叮咛。

1 月 29 日

年穷岁晚

我又把一个落日扔到了西山，
这一年就剩最后一个早上。

多少赚钱的思想，
已经回归家乡，
多少辉煌，
暂时被抛弃被隐藏，
多少莫名的感情，
挂回了应在的地方，
剩下的便是秀的时光。

秀你的时装，
你的财产，
秀你的盛名，
你的收藏，
秀你的爱情，
你的死党，

秀你的幽默，
你的丰詹。
秀你的阅历，
你的假日悠长。
秀你的体能你的毅力，
你的健康。

秀过之后又怎样？
空洞虚惘。
团聚之后又怎样？
四散落荒。
这太做作，
这太平常。

我接上这一年最后一个早上，
没有风雷电闪，
没有思想灵光，
就那么平常，
平常得如此不平常。

等待过年
过年就是一场战争，
携妻带儿狂奔，
抢钱抢货抢票抢行，
没人愿意听震耳的炮声，
闻窒息的硝烟，
可大地上已经硝烟滚滚，
这里已经是一座空城。

满把的活计无兴，
向着远方，
一双无神的望眼。
出行宅居会朋，
满肚子的计划难断，
吃喝玩乐趣味难生，
在祝福声中的笑脸，
在安静处抓狂，
情绪在空荡荡中驰骋。

年在风中吼叫，
身自岿然不动。
是从容，
是无所适从。

女儿归

机场凭栏望儿久，牵箱携友在人流。
笑言一夜无眠意，欧陆远游兴味稠。

注：女儿赴法、比、意游学归来。

1 月 28 日

年根

时候近年根，城中少路人。
北漂皆散尽，大地不留痕。

早安·冬日

早安，我的梦，
听听这冬日的流水潺潺。

早安，路灯，
你可以放心地闭上劳累的眼。

早安，小鸟，
你可以放松地飞翔。

早安，我的太阳，

咱们一起将这个世界巡看。

早安，我的宝贝，
咱们一起探索岁月的苦甜。

早安，我的朋友，
咱们相见或者思念。

早安，我的自己，
从这一刻起快乐地思想。

1 月 27 日

忆往昔

年关昔日逛圩忙，挑担往来尽是商。
天黑街阑尤货在，无钱买肉入祠堂。

迎新年

春雁才归又向南，枯荣更替到新年。
当怜天地又添岁，欢喜伴君在世间。

上班

年穷人远市，归雁落南山。
我自穿城过，西郊去上班。

1 月 26 日

十九年

相携十九年，世事舞翩跹。
南越点红烛，东郊挂彩帘。
北欧寻驯鹿，西域蹈天山。
偶遇明珠暖，滋滋一世欢。

看得见风景的房间

徐志摩的翡冷翠，
屋大维的罗马城，
多少年前，
只有一扇心窗可以看见。

你带上我，
带上我住进那水边的房间，
所有的诗意，

都在地中海的阳光里晾晒，
轻松地飘进你的眼帘，
洒落在我的心田，
春意盎然。

翻出那部电影，
端着架子的英国女人，
莫扎特的琴曲，
流浪在佛罗伦萨的光影，
酿成了经典，
看得见风景的房间，
你在深巷里踢踏舞，
在绿水红瓦间流连。

带上我，
我等你，我带上你，
一起入住，
回访徐志摩的足迹，
享受穿越时空的新鲜。

1 月 25 日

见李娜澳网捧杯

球员百战多，劳累少人歌。
绝顶风光者，万中能几何。

祝虞小风先生指画博物馆开馆

五彩生神指，寸间沟壑横。
空山闻鸟语，雾里看风生。

日月双辉

日月双辉现，暖人在孟冬。
馨香心醉处，却语梦花容。

1月23日

小年

洒扫庭除今日始，灶王莫使上天迟。
糖瓜糊嘴送金鲤，换得新年万福垂。

注：小年是灶神上天汇报去了，要供糖果让他说好话，要放生鲤鱼当他的坐骑，让他来往方便，以求得万事平安。因为灶王走了，家里可以趁他不在修房换瓦洒扫更新以迎新年了。

又一天

阳光穿户照飞尘，故纸堆中觅贝珍。
半句残诗惊叹久，一行新曲荡心神。

灯月星

都照亮了我，

灯，月，星。

无灯的日子，
我有月，有星。
无灯也无月的日子，
我有星。

为了生活，
我选择了灯，
为了浪漫，
我选择了月，
为了梦想，
我选择了星。

灯会灭，
月有圆缺，
只有星，
一任长明。

1 月 21 日

国图音乐厅

影画声消成废迹，一拍脑袋乐音来。
可怜钱去妆成后，地铁隆隆无语哀。

国图电影院因为电影业萎缩，改建成音乐厅。而它的下面就是地
铁站，每过一会就震颤一次，实不可演出音乐。文化部有建中央
音乐学院音乐厅的前车之鉴，又拍板改建国图音乐厅，让人无语！
实感悲哀。

坚持

你不来，
我便在寒风中坚持。

你没来，
在绿荫弄影，
满园芳馨的花期，

我在缤纷的追随者中坚持。

你没来，
在成熟流蜜的秋季，
我在收获的大军过处坚持。

你没来，
岁月剥去了我的旖旎，
人人都在开庆典 party，
我在孤独的冬天里坚持。

你没来，
我在寒风中坚持，
春天马上来，
我老了，你呢？

1 月 20 日

读书

心鹜书海觅文踪，穿越楚辞望国风。
辞赋传奇和妙曲，遍寻四库欲雕龙。

出差

一条公式的一段，
又总是如此不同，
因为代进来的数值，
也因为算法出现了新的变动。

飞机，火车，汽车，
向北向南向西向东，
焦急不一定因为日程，
无数根线牵扯游动，
看清了，看轻了，

其实也从容。

入夜，做梦。
那些看到我梦的枕头，
那些拥抱了我梦的床枕，
用前人的梦勾引了我，
今晚，又是谁的梦与我留下的梦交融。

昨天的星星，
今天的晴空，
是不同，又相同，
沐浴我的风，
时轻时重，
笼罩我的云，雾，雨，
是淡时浓，
飞起来，
除了夜，
便是阳光碧穹。

1月19日

无题

心随窗外北风狂，万里霜天送墨香。
书卷难平兴奋意，梦园润泽现群芳。

城市湿地

枯焦非缺水，城市把湖摧。
万顷波澜在，鱼虾化烬灰。

可怜城市湖，草木水边枯。
浪底鱼虾绝，天空鸟雀无。

祝黄悦叶青白头偕老

和光普照春田早，映辉双蝶舞翩跹。
一叶青莲香百里，花开黄蕊悦千年。

1 月 18 日

惦念

身浸银华难入梦，遣思送语寄情浓。
心忧长话扰儿事，开口先问有没空。

祝李红生日快乐

春催门外李，花雪伴桃红。
日出生阳气，身心沐煦风。

看着你安眠

终于战胜，
沉沉的夜，
在晨曦的吹拂下轻轻睡去。

蹑手蹑脚地，
写一首诗，
用心诵读，
把它往梦里邮寄。

浅浅的笑意，
流露在紧闭的眉宇。

1 月 17 日

祝步步（刘卓尔）生日快乐

刘郎前度今安在，卓绝功勋化水流。
尔等可知千载后，英才步步铸春秋！

远行寄语

就在我转身的那一刻，
我就用心眼注视着你，
你的每一步都在我的眼前飘浮。

我眼睛已经迷糊，
你是否还在飞机的轰鸣中打呼？
遥远的法兰西的落日，
是否在你的梦里，或者已经看到，
在塞纳河里跳舞。

我看着明亮的视窗，
举手擦亮头顶昏黄的月色，
将这一轮明月，
挂在埃菲尔铁塔上的天幕，
你看到了吗？
月亮上还有我的手纹，
三个簸箕两个螺。

凯旋门迎接你的到来，
蒙娜丽莎的笑隔着一层膜，
或许是灰色的天，
千篇一律的黑瓦铜铸，
还有淅淅沥沥的雨，
冰凉你的肌肤，
法国西餐不合你的肚，
别失望，
一切都是真实，
一切都是亲眼所见，
你已经打开了文化比较的水库。

别看你的手机，
别看你的平板电脑，
别看你的电视，
别看你的书，
高抬你的头颅，
将眼睛贴在那些新奇的人与物，
将你的好奇交给伟大的高卢，
你会有收获，

会让唐人街上的老广嫉妒。

看到了吗？
满天的鸟擦着低垂的乌云飞过，
落在你的肩上讨要你正吃着的果脯，
街边的树套过方形的模？
大楼的窗子绽放着耐寒的花朵，
就是那香榭丽舍大街，
地面高低不平，全是石头颗。
流经市区的河竟然荡漾着清波，
露天的观光大巴还有那么多人坐。

一切是否与你的想法或你原来的经验格格不入？
写下来吧，
你的惊奇你的观摩，
你的发现你的落寞，
当有一天重新回望，
你会发现你的好奇已经被知识和经验消磨。

美好，就在此刻，
抬起你的头颅，
张开你的眼睛，
将一切网罗。

1 月 16 日

女儿将出门

羽翼未丰要远飞，跨州过海去巴黎。
心中忐忑无眠意，祈祷晨光普照迟。

一只猴子

无论用桃木，沉香，
碧玉还是顽石，
无论是学徒还是大师，
雕来雕去，
你，还是猴子一只。

卧于手掌，
那是母亲或者如来，
安全温暖惬意，
可知外面那广阔的天地，

举手摘云的山巅，
俯身与鱼的北冥南池。

骄横独立，
掩耳捂嘴闭目，
装聋作哑哪是你的性格，
抓耳挠腮更现你的不智，
什么时候，
人样韵仪。

跨上高头大马，
那是封侯的寓意，
哪个环节出的差错，
疯猴的名声，源此。

雕一个雕像吧，
我的，
类人猴一只。

1 月 14 日

那些过往

那些鲜美的花，
曾经尽情地装点过
你我的眼睛，心灵，
还有这个多情的世界，
他们落下了，
因为岁月。

那些伟大的哲人，
用他们的哲思，
装点了我们的灵魂，
照亮了人类的征途，
构筑了人类的文明，
他们落下了，
因为岁月。

那些我们身边的人，
用他们的行动，

启蒙和造就我们的情感，
磨炼过我们的意志
温暖过我们的身心，
他们远离了，
因为岁月。

一些共同奋斗的人，
用他们的经历与气魄，
成就了事业，造福于人民，
也造孽于世界，
他们落下了，
因为岁月。

1 月 13 日

见与不见

不曾见面，
已经见面，
相聚的快乐，
将寒风都烧热了，
你的脸红扑扑的，
漾着内心透射的光芒。
我流着汗，
青筋律动着青春的快感。

已经见面，
其实根本没见，
只是闭上了双眼，
一切便都来到你我的眼前，
呢喃细语和温馨柔曼，
颤抖的思绪就是古琴上的几根弦，
平静是现实泼向了梦想。

无须见面，
就已经见了。
只是睁开了双眼，
世界便变幻起黑暗与光明，
一切与我有关又无关，
都只在心窗一帘。
温润与粗糙，
高尚与粗鄙，
本来就像那日月变幻。

1 月 12 日

趣味

四点不知译福朋，枉为外院文科生。
非音即意是常识，可乐奔驰滚石风。

注：苏州的福朋酒店是 four points. 滚石：Rolling stone.

王蒙先生觉得很有意思，第二天动手帮改成了：

四点妩然化福朋，可怜外语科班生。
从音从义皆得趣，可乐奔驰译意风。

阳光与城市

阳光穿透秋日的迷雾，
砸在喧闹的城市，
被鹿角般的建筑劈得粉碎，
散落在追寻光明的眼底。

就在昨日，
城市用尽一切的努力，
给自己戴上一个昏黄的光环，
无惧它沉重得让自己无法呼吸，
不想它阻挡了云彩阻挡了阳光，
无法生存无法腾飞。

是谁，佛陀还是玉皇，
一口气吹破了虚幻的光辉，
莽撞的太阳，
跌落在人类的荒糜，
那些可怜的人们，
躲进了阳光掩体，
洋洋得意。

1 月 11 日

到苏州

暂别京城若箭行，苏州瞬至闻昆声。
园林沉睡听丝雨，闹热湖光浸冷冰。

南京

车到南京依暮岚，华灯初上水游仙。
金陵来往多犹记，飞架霓虹聚友贤。

向南

隆冬时节向南方，才过山东踏绿廊。
草木渐蕤天气暖，斜阳幻作醉春光。

过徐州

早听彭城是故乡，治河大禹启文芳。
悠悠千载向南隅，留得神思挂肚肠。

过泰安

雾锁泰安城，天沉不见风。
难寻东岳影，神憩梦犹腾。

无路

一路向南皆掩霾，大江南北怎为家。
只梦圣城西域去，却闻中甸祝融灾。

1 月 10 日

呼啸的时光

呼啸的时光，
卷过耳边，
黄毛变青，
过肩飘起便成了雪，
飘落成涡流，
不知所往，
留下一张脸，
雅丹地貌在瞬间发育，
沟沟坎坎，
绚丽多姿，
在呼啸声里变幻，
成一盘黄沙，
然后戈壁，
然后峥嵘的峭壁，
丹霞，水华，
消失在呼啸的时光里。
我没动，

时光呼啸而过，
我的生命，
刻出我的百态千姿。
地球没动，太阳没动，
时光呼啸而过，
便亮了，暗了，飘散了。
宇宙没动，
时光呼啸而去，
是我放出的尺，
量了，记录了，消失了。

1月9日

贺卡

京城亲友莫怀疑，笑纳新年祝福迟。
此片甜言自购得，无关公费尽由私。

注：熊光楷先生寄出贺卡，故注上，此卡是自费所购。

聚会

同学少年白首聚，觥筹交错品原浆。
皆曰平淡即为好，留得元真宜久藏。

1月8日

地龙

一骑铁龙千尺长，上天入地去如光。
山摇地动声威震，吞吐人生气宇昂。

腊八

今天成道日，腊八有粥施。
总理恩来去，却留风度迷。

少年郎

负重少年郎，开怀走四方。
身高三尺立，家国在胸膛。

芳林独秀

芳林独秀目含羞，追梦满怀岁月稠。
手执天虹凌汉舞，足登彩凤逐风流。

1 月 6 日

一棵树与围栏

我还是一根树苗时，
你就已经是钢铁围栏。
你挡住了狗，
也挡住了人，
你挡住了光明正大，
却挡不住"越狱"与阴暗。

我曾经佩服你的正直，
我曾经见证你的腐朽，
我也见证过你从腐朽再到一身光鲜，
钢模栏样。
你可见证了我的成长?

啊，对不起!
曾经是我风雨中依靠的你，
成了挤压我成长空间的绊脚石，
你用正直劈开了我娇嫩的胸肌，

你看着我长期流血，
责问我为什么抢占你的土地。

我默默无语，
用泪浇灌自己的伤口，
用泪珠凝成的刚毅包容插入胸口的利器，
成长自己，发展自己。
枯荣相继，春秋互期，
我突然发现自己早已经比你雄伟壮丽，
自己的根基远远超出了你的位置，
你没有倒，没在腐朽，
你已经融入我的肌体，
你已经成为我迎难成长的永久记忆。

你会守，你会坚持，
我能成长，我能包容，我能超越……

1月5日

悠然四十五

悠然四十五，感冒礼声隆。
炉火煅三日，外加裂肺风。
卧于东郭里，尤觉爱情浓。
问候殷勤至，偏方各不同。
静心思往昔，岁月少峥嵘。
欲看前途景，江山雾霭中。
寻声窗外看，但见雁横空。
清丽去高远，云端逸影朦。

十里芳径

蠡湖独步伴朝阳，十里芳径醉余香。
茉莉盛开和露润，蜂环蝶绕凤鸣翔。

1月4日

痛殴

遭遇在一个不知名的时候，
我全副武装精神抖擞，
换来一顿痛殴，
哎哟，所有的肌肉，
所有骨缝都疼，
敌人是谁？
真让我发愁。

说是病毒，
将我的骨肉穿透，
我毫不犹豫地举起，
水炮导弹对准了自己，
哎哟，又是一顿痛殴，
所有的肌肉，
所有的骨缝都疼，
敌人在哪，
真让我发愁。

1月3日

继续发烧

诗心犹壮身体孱，磨砺精神在病山。
可恨阳光无视我，斜穿东户照悠闲。

腊月初二

一帘幽梦挂西天，如水清纯又似烟。
谁问今朝行岁尽，惜将银汉奉新年。

贺张九桓大使诗书集出版

路行万里皆诗意，烂漫如花越国门。
瑛集翠霞辉大地，诗书化一荡心神。

暖冬

深冬该冷却无寒，病毒如花枝叶繁。
诸友望应多注意，有钱莫与药和罐。

病中

一觉醒来三点半，遍身汗水湿衣衫。
原来梦里斗争苦，病毒穷凶人体残。

1 月 2 日

热

谁说天气冷，我自汗淋漓。
非是暖通好，退烧药到时。

暖冬

灿烂晨光照我肩，温柔似水透心田。
皆言数九寒天冷，今日暖阳赛伏天。

儿时

忆念儿时景，对猪吹口琴。
三餐扛湘水，四季奉真心。

1月1日

课后

煦阳照影朔风残，二九京城不见寒。
同学负囊游戏去，一人玩耍数人欢。

梦幻京城

变幻京城三十年，住行远走上燕山。
故宫化作楼林坳，点数蓝天政绩难。

忆橘子洲

身往数翻橘子洲，湘江浩荡北天流。
一人壮志凌云起，从此山河换日头。

影子

有光，有你，
在天，在地。
无光，有你，
在我心里。

你是我，
也是天空和大地，
最服帖的伴，
那样轻盈，
不在地上，天上，
留下任何走过的脚印。

不，你说，
在你久留的地方，
光会刻下你的影像。
其实没有光，
你走过我的心田，
便流下无法磨灭的波浪，
留在我的诗行。